KB005990

나에게도 날개가 있다면

승려시집 10집

나에게도 날개가 있다면

오현, 소현, 경암, 명안, 수안, 혜륜, 법산
도명, 도해, 로담, 묘광, 범상, 선묘, 수완
오심, 지우, 지원, 진관, 해성, 해인, 현중

이서원

승려 시인들의 역할 은 무엇인가

고대 육가야로부터 고구려 신라 백제 고려 조선, 그리고 일제를 거쳐 남북분단에 이르기까지 승려들은 위대한 시인으로 강한 존재들이었다. 이러한 역사성에도 불구하고 스스로 자신의 존재를 나약하게 생각하고 있는 현대 승려들의 마음을 도무지 알 수 없다. 현대사의 아픔을 걷어내고 2000년 위대한 불교역사의 면면을 바르게 고찰해야 할 이 시점에 깨달음을 詩로 노래해야하는 승려들이 무엇을 두려워한다는 말인가.

팔만대장경을 근본으로 삼아 수행하는 승려들이 '언어도단' '불립문자'의 깨달음을 또다시 글로서 표현하는 것에는 번거로움이 따르지만 불타의 가르침을 널리 알리고 다양한 사람들을 이해시킨다는 측면에서 詩는 세속제(世俗諦)로서 필수불가의 도구이다.

역대 조사들은 게송으로 부처님을 찬탄했고 대망어(大妄語)의 바라이죄 앞에서도 지범개차(持犯開遮)의 도리를 들어 오도(悟道)를 노래하며, 민족문화의 융성을 이끌었다. 세상에서 가장 뛰어난 시인인 승려들은 그 시대의 언어로 세속과 소통해야 한다. 고려의 혜심, 일연, 보우 등이 그렇고, 조선의 함허, 보우(허응당), 서산, 사명, 지안, 경허 등이 그랬듯이 이 시대의 승려들이 그러해야 한다. 이것은 의무이자 사명이다.

色即是空은 나와 우주만물의 실상의 표현으로서 空即是色으로 피어나는 승려들의 詩, 一言一口는 진리의 다른 표현이라 할 수 있다. 이러한 측면에서 '현실은 이데아(진리)의 모방이요, 모방된 현실을 또다시 시의 형식으로 노래하는 것은 이성을 억누르고 감성(쾌락)을 자극하여 진리에서 멀어지게 함으로 이상적 국가건설을 위해 시인을 추방해야 한다'는 플라톤의 '시인 추방론'과는 근본을 달리한다. 따라서 我空法空의 실상을 노래하는 승려들의 詩에 대한 사상과 철학의 재조명을 통해 서세동점 이후 잃어버렸던 동양정신과 민족의 정체성을 확보해야 한다.

승려시인회에 주어진 또 다른 사명은 이 땅에 불교가 최초로 전래된 가야불교 〈가락국기〉에 전해오는 우리나라 詩의 원류인 '구지가'에 관한 연구와 신라시대 위홍과 대구화상이 집대성한 향가집 〈三代目(상대.중대.하대)〉을 찾아내어 신라의 문학을 새롭게 조명하며 민족문화를 전승하고 당시 승려들의 수행과 禪詩를 톺아보는 일이다.

 부처님으로부터 일체 미진수의 선지식들에 이르기까지 언어로 표현할 수 없는 깨달음의 세계를 부득이 언어로서 표현해야 하는 소통의 한계를 詩를 통해 극복하려 했듯이 승려시인들은 '詩, 文學포교의 중흥을 책임져야 하며, 그것의 실천으로 힘이 닿는 대로 詩集을 발표하는 '광선유포결사'에 매진해야 한다.

승려시인회 회장   진   관 합장

金口無言一句
悲盡十方三世
慈無量長廣說

부처님은 한 말씀도 한 구절도 설하신바 없으나
안타까운 마음은 시공을 넘어 우주에 가득하니
중생을 향한 크신 사랑, 무량법문 끝이 없구나

敎外別傳, 不立文字, 言語道斷의 이치가 팔만사천 장광설 속
에서 명명백백 만천하에 들어나 我空法空에 걸림이 없듯, 승
려 시인들의 노래 소리는 穢土의 길라잡이로서 끊어지지 않는
대기설법의 전승이라 하겠다.

승려 시인 열 번째 시집출간을 축하합니다.
깨달음의 세계는 말과 글로는 전할 수 없지만, 그렇다고 말과
글을 떠나서는 또다시 전할 수 없기에 부처님 이래 역대 조사님
들 모두가 언어의 연금술사이시며 시인이셨습니다. 이러한 연
유로 선사들의 悟道頌은 대망어의 바라이죄를 면할 수 있고,
자신을 높이고 타인을 얕보는 自讚毁他의 교만심에서 자유로
울 수 있었습니다.

변화무쌍한 현대사회는 다양한 언어와 다양한 방편의 포교가 요구됩니다. 이러한 측면에서 동인지 형식의 승려시인회 시집은 승려라는 동일성을 유지하면서도 각자의 수행과 수행처의 이야기들을 풀어 놓아 불자는 물론 일반대중들에게 쉽게 다가서는 포교 지로서도 손색이 없어 보입니다.

'향 싼 종이에 향내가 나듯' 부처님이 가르침을 가슴에 담고 사는 스님들의 향기가 시집을 통해 더 많은 대중들에게 전해지기를 간절히 바라며, 이번 열 번째 시집이 善緣이 되어 침체기의 늪에 빠져있는 불교문학 발전에 큰 보탬이 되리라 확신하는 바입니다. 끝으로 어려운 가운데 변함없이 시를 통해 부처님의 법을 전하고 있는 승려 시인회의 구성원 모두께 다시 한 번 깊은 감사와 축하를 드립니다.

대종사, 임휴사 소실 一霞 無空

전) 동화사 주지, 전) 능인학원 이사장

차
례

14

15

무산 _{작고시인} 오현 스님

1932년 경남 밀양 출생, 1958년 入山
『시조문학』에「봄」「관음기」로 추천 등단

주요작품
「雪山」(70)「할미꽃」(72)「石葉十牛圖」(73)
「석굴암대불」(73)「비슬산 가는 길」(73) 등

시집
『심우도』(1978)『산에 사는 날에』(2000)
『만악가타집』(2002)『절간이야기』(2003)
『아득한 성자』(2007)『비슬산 가는 길』(2008) 등
산문집
『죽는 법을 모르는데 사는 법을 어찌 알랴』(2005)
역해『벽암록』(1997)『무문관』(2007)
편저『선문선답』(1994) 등

수상
1992년 현대시조문학상, 1995년 남명문학상,
1996년 가람시조문학상, 2007년 정지용문학상,
2008년 공초문학상, 2011년 시조시학문학상,
2013년 고상문학상

만해사상실천선양회 이사장,
대한불교조계종 신흥사 조실,
대한불교조계종 원로의원, 대종사

내가 죽어보는 날

부음을 받는 날은
내가 죽어보는 날이다

널 하나 짜서 그 속에 들어가 눈을 감고 죽은 이를
잠시 생각하다가
이날 평생 걸어왔던 그 길을
돌아보고 그 길에서 만났던 그 많은 사람
그 길에서 헤어졌던 그 많은 사람
나에게 돌을 던지는 사람
나에게 꽃을 던지는 사람
아직도 나를 따라다니는 사람
아직도 내 마음을 붙잡고 있는 사람
그 많은 얼굴들을 바라보다가

화장장 아궁이와 푸른 연기
뼛가루도 뿌려본다

아득한 성자

하루라는 오늘
오늘이라는 이 하루에

뜨는 해도 다 보고
지는 해도 다 보았다고

더 이상 더 볼 것 없다고
알 까고 죽은 하루살이 떼

죽을 때가 지났는데도
나는 살아 있지만
그 어느 날 그 하루도 산 것 같지 않고 보면

천년을 산다고 해도
성자는
아득한 하루살이 떼

취모검吹毛劍 날 끝에서

놈이라고 다 중놈이냐
중놈 소리 들을라면

취모검 날 끝에서
그 몇 번은 죽어야

그 물론 손발톱 눈썹도
짓물러 다 빠져야

죄와 벌

우리 절 밭두렁
벼락 맞은 대추나무

무슨 죄가 많았을까
벼락 맞을 놈은 난데

오늘도 이런 생각에
하루해를 보냅니다

아지랑이

나아갈 길이 없다 물러설 길도 없다
돌아봐야 사방은 허공 끝없는 낭떠러지
우습다
내 평생 헤매어 찾아온 곳이 절벽이라니

끝내 삶도 죽음도 내던져야 할 이 절벽에
마냥 어지러이 떠다니는 아지랑이들
우습다
내 평생 붙잡고 살아온 것이 아지랑이더란 말이냐

무자화無字話-부처

강물도 없는 강물 흘러가고 있다

강물도 없는 강물 범람하고 있다

강물도 없는 강물에 떠내려가는 뗏목다리

사 랑

사랑은 넝쿨손입니다
철골 철근 콘크리트 담벼락
그 밑으로 흐르는
시뻘건 쇳물
녹물을
빨아먹고 세상을 한꺼번에 다
끌어안고 사는 푸른 이파리입니다
잎덩쿨손입니다
사랑은 말이 아니라
생명의 뿌리입니다
이름 지을 수도 모양 그릴 수도 없는
마음의
잎덩쿨손입니다
하나님의 떡잎입니다
부처님의 떡잎입니다

작
고
시
인

소
현
스
님

– 禪, 非禪, 非非禪 –

28세에 요절한 스님시인 '우소현' 시비를 찾는다.
약관 21세에 문단에 등단하여 짧은 생애를 끝 낸 비련의 시인이다.

법흥사 입구에는 잡초와 칡넝쿨이 엉클어 진 시비가 우리를 기다리고 있었다.
젊은 날 요절한 '우소현'스님의 시비다. 오가는 길손도 스쳐 지나칠 뿐인가.
거미줄과 풀벌레 알갱이들까지 눈물 같은 진액을 닦아본다.
한 때 빛나는 예지로 초롱한 눈매로 세상을 노래했을 한 시인의 모습이 나를
슬프게 한다. 시비에는 세운 이들의 애틋한 마음들이 뭉쳐 있다.

어느 여름 날
산꽃처럼 이온 한 사문의 영상을
가슴에 새기며 평소 정을 나눈
도반이 뜻을 모아 이 비를 세운다.

카페〈여행과 마실을 좋아하는 사람들〉
영월 주천강을 따라서 - 이근숙 님의 글에서

승려시인회는 사라진 우소현의 시비가 다시 세워지기를 기원한다.

入 定

캄캄한 거울 속으로 먼 여행을 떠난다
잃어버린 쪽지 한 장을 찾아
어데고 쪽지는 없고 반딧불만 들락거린다.

十月의 나무

十月의 나무여 이제는 다 벗어 버려라
네 몸 속 어지럽히던 이름 지을 수 없는 것들,
다시는 보고 듣는 것으로서 옷 입는 짓을 말아라

虛 心

안개 낀 아침들판 나비 한 마리 나른다
아무리 헤매어도 꽃잎은 보이지 않고
날 푸른 銀粧刀 한 자루 하늘 지르고 있었다.

경
암
스
님

제천 송화사 주석
불입종 총무원장

1970년 첫시집 『낙뢰목의 여진』
1972년 『부앙저회』 천료
「시조장경」

안팎이 허공虛空인 소식

문밖에서 바라보니
생사生死가 둘이더니

문안에 들어보니
둘마저 사라졌네

안팎이 허공인 소식
봄바람이 읊고가네.

외로 밝은 저 빛 자리

크다 작다 안팎이다
느끼고 생각하는 일

그것은 한 마음 속에
생각 일어 벌어진 꿈

맘 쉬면
대상도 잠겨
외로 밝은 저 빛자리.

부처님

1

꽃 속에 향기되어 한두 달쯤 사시다가

잎지는 그믐밤에 별빛으로 가시더니

오늘은 화창한 한낮 볕살 되어 거니시네.

2

바람 앞에 꺼지는 촛불을 너라시고

발 아래 밟혀 우는 들풀을 너라시고

이 세상 너 아닌 너는 하나 없다 하시고.

3

울음도 웃음 밖에 홀로 서지 못한다고

웃음도 울음 안에 홀로 앉지 못한다고

너 또한 너를 떠나면 나 만날 날 요원타고.

4

말하지 않음으로 말함을 대신하고

보이지 않음으로 보임을 알리시는

당신은 알게 모르게 있고 없고 하시네.

5
꽃에서 뵈올 때는 연분홍 향기다가
바람결에 우러르면 푸른 휘파람이
볕살로 오시는 날엔 간지러운 그 입김.

6
허망이 바닥나면 새 희망이 고여 오듯
의심이 바닥나면 그 한 모습 보이시리
뵙고자 아니한 날에 문득 뵈올 그 기약.

명
안
스
님

1984년 〈시와 의식〉 등단
한국불교 여래종 총무원장
금강 대약사사 주지
여래구도봉사단 대표
연꽃유치원 설립 및 원장
여래문학회 회장
사회복지학 박사

메밀잠자리

여름방학인 게지!
학생없이 뎅그마니 빈 교정
정오의 햇빛이 졸고
모퉁이의 버드나무
한 줄기 실바람 일렁인다.
느티나무 아랜
그늘진 흰색 벤취 대화없이 모여있고
매미소리가
부산하게 교정 모두를 쇠잔히 물들인다.
저 켠에선 소녀의 맑은 소프라노 발성음
쉬었다
또 그어지고
마침내 파아란 목힘줄이 터질 듯하다.

아마 난
커다란 운동장 중심 쯤 어디선가
외로이 허공을 뱅뱅 도는 한 마리 메밀잠자리
쯤 되려나.

어처구니

답 없는 연유여서
어!-라 답했다
발 없는 어!-는
돌고 돌아서
아!-라 했단다
다시 돌고 돌아서
항간에 소문이
야!-라고 했단다

구술口述을 잘 엮어야 염불이 되고
구술具述을 잘 꾀어야 염주가 된다.

원추리

개구리 합창이 넘치는 들길을 지나
풀벌레 울음 마중 나온 산비탈 초가를 향하면
한 줄기 유성이 길 밝히는
참으로 다정스레 아름다운 배경

시끄러운 도회를 도망 나온 원추리가
서러움 상처 감춘 옆모습으로
소박한 사람들 틈에 살려고
원추리는 피었고 추억을 움직인다.

산맥처럼 살고 싶은 한 줄기 빛과 꿈으로
벼랑 위 바위틈에 꽃으로 핀 원추리

우리의 언어로 만든 우리의 꽃이구나.

법
산
스
님

2010년 〈문학공간〉 시 신인상

동국대학교 명예교수
동국대학교이사장
정각원장
불교문화연구원장
보조사상연구원장
한국선학회장
인도철학회장
한국정토학회장

행복은

현관에 한 송이 꽃
나갈 때 미소 짓고
들어서면 반겨주는
그 곳에 행복이 있느니.

현관의 꽃은 여러 가지가 있다.
가족도 여러 생명이 함께 한다.
각자가 미소 짓는 향기로운 꽃이 되어
사랑과 행복이 넘치는 환경을 만들어가세.

아침 얼굴

반짝반짝 작은 새벽 별
여명이 피어나는 붉은 햇살

감은 눈 활짝 뜨며
부끄러운 듯 불그스레
환한 미소로 반기는 얼굴

내 마음 꽃 속에 고이 담아
무연자비로 하늘 가득 채우리.

학림사의 봄

황새들이 잠을 깨운다
먼동이 트기 전 이른 새벽
누런 몸짓으로 어둠을 가른다

까악끼아~~
쌍쌍이 해묵은 둥지를 맴돌며
흔들리는 나무 가지에서 사랑을 품는다.

경첩이 지나
갯바람 차가운데
쑥뿌쟁이 냉이 나물은 봄내음 피운다.

학림사 목탁소리 창공에 사무치며
황새들의 춤사위 아침 햇살에 빛나고
대웅전 부처님 눈썹 미소 향기로워라.

참 부처 참모습

천년을 넘어
세상이 바뀌고
내 몸 꺾어지고
나의 몰골 망가져
형체 가늠할 수 없어도
이렇게 늠름하게
천추의 풍상을 삭이고 살았노라.

보라!
여기 한 점 아낌없는 실상
아직도 넉넉한 가슴
여전히. 꿋꿋한 기상
고요한 부동의 밝은 마음

바로 여기에서
그대의 칭칭무구한
지혜와 덕담을 챙겨
자재로운 삶의 터전을
찾아 가소서.

밀양 표충사 참배

재약산 표충사
사명대사 호국 충절의 대표 사찰 표충사
가을 빛 완연한 산색이 곱다.
한국 유일한 大光殿
큰법당을 대웅전이라 하는데
수선사 상량식을 간단히 하고
원명, 원산, 무애 스님 함께
진각주지 취임 후 1년 2개월
처음으로 같이 공양했다.

오 후

남해로 왔다.
학림사 참배하고
망운사 성각스님, 성담사 도민스님
상좌 명본, 선본과 저녁 공양했다.

고요한 바다
노랗게 물들인 유자의 고향
황새들 돌아간
학림사 읍내 불빛만
고요히 빛나네.

매실을 보며

매화가 매실인가?
매실이 매화인가?
꽃과 열매는 하나인가 둘인가?
모양도 다르고
향기도 같지 않는데

아름다운 매화
미소와 향기를 날려주고
작은 열매 맺어주고 떠났네.

탐스러운 매실
새콤달콤 맛 들어서
씹히고 녹아 생명소 되어주고 떠나네.

성스러워라 매화불이여!
거룩하여라 매실보살이여!
그 원력 따르오리다.

통도사 시탑전
금강행자 법산경일 미소 지으며.

도리천 가는 길

도리천 가는 길
돌 바위 부처되고
진흙은 보살화현

비단 개구리 범패 소리
청솔가지 덩실덩실
정토세계 여길래라

경주 남산 도리천 가는 길
천년의 잠을 깨우는 유적 발굴 전시회
서라벌의 향기 가슴에 가득 채우리.

수 안 스 님

경남 통영 生
통도사 송광사 백련사 묘관음사에서 정진
재약산 한계암 십년결사

1979년 이리 이재민 돕기 선묵전(부산여성회관)
1981년 한, 중, 일 고승 선묵전을 시작으로
프랑스, 대만, 러시아, 뉴욕, 괌, 호주 등
초대전 및 자선기금 마련을 위한 30여회 전시

대한불교청년회 총재
사회복지법인 통도사 자비원 이사
석정문도회 회장

시집 〈나의 노래〉외 4권
수필집 〈아름다운 선물〉, 〈참좋다 정말 좋구나〉
시화집 〈행복주머니〉

萬 行 1

山

나는
산이 좋다
산이 좋아 산에 산다

산에
비가 온다
하루종일 비가 온다

산에
산 배꽃이 피었다
흰 구름이 산 이불이다

내가
지은 山詩
노래 부르듯 낭송한다

언젠가
내가
나에게 山詩 한수 읽어 주리라

萬 行 2

우리 어머니
자식욕심 터무니없이
많았던 어머니
정월십오일 보름날
저녁에 즐겨하시던
술 한잔 하시고
이 닦고 입 헹구시고
한 시간여
염불선하시고
친정어머니께 절하고
저 세상가시다
엄마보살
이뭣고 의정 납니까

萬 行 3

차실에
엄마랑
금쪽이가
꽃 한 송이 들고 간다
사진 한 장이
벽에 걸렸다
금쪽이 눈이 젖었다
사바세계의
화신불 금쪽이
건강하게 크거라
합장한 마음씨 곱다

萬 行 4

누워계시다가
일어나시다
미륵존불 염송하시다
딸각 소리 내고
저세상 가시다
울음소리 내지 마라
가시는 길 잊으실라
죽고 사는 것이 괴롭다
그래도 산 사람은 먹어야
된다며
콩나물국밥 한술 뜬다

萬 行 5

영전 앞에서
향 한 자루 올리며
큰스님
일러 주십시오
지금
경계를
붉고 푸른 만장이
바람 따라 펄럭인다
불 들어갑니다
이 경계는 어떻습니까
맑았던 하늘에서
천둥 번개 친다
소나기 지나가고
칠월 모닥불 피워
옷 말린다

* 경봉 큰스님 영전에 일타스님 예배드리는 풍경

萬 行 6

경주와 상주의 준말이 경상도고
충주와 청주의 준말이 충청도다
일러준 스승님은
전주 라주 합친 전라도 분이다
통영이 고향이다
군인이 쿠데타후 충무로 지명을 바꾸었다
채송화 민들레 봉선화 심었다
국화를 심자
나라꽃은 무궁화다
나라꽃 무궁화 묘목은
지인이 소개로
충청도 옥천으로 일 년 전에 주문했다
꽃이 피었다
나라꽃 무궁화 피었다
안은 붉고 테두리는 희다
대중에게 폐 끼치고 싶지 않나녀
산중에서 시중으로
저승으로 먼저 간 도반
사십구재 지난 후 소식 듣다
가슴이 답답하다
숨쉬기가 힘들어

억지 심호흡을 하면서
나는 누구일까 화두 의정이다

萬 行 7

엄마와 아기랑 눈 맞춤은
중생도 부처로 보인다
지금 순간
무엇을 더하고 보태랴
네 것
내 것
아닌
우리 모두의 것일 때
화엄의 빛이다

萬 行 8

개울 타고 오르다 그늘진 숲에서 바라본
폭포수
공기가 달다
나무 숲
새소리
목탁소리
참 좋은 명곡이다
禪이 妙味다

萬 行 9

평지의 명당은
영축산 통도사요
중앙의 명당은
금강산 유점사고
북쪽의 명당은
묘향산 보현사다
노스님 메밀국수 첫 젓가락에서 마지막
젓가락까지 한 번이면 끝
먼저 가신 노스님 가슴에 묻고
화두 나는 누구일까

萬 行 10

실족사 그 다음
산이 좋다
바위 타고 넘다가
미끄러져
실족사
산에 비가 내리는데
영혼은 지금 어디계십니까
우산은 받쳤는지
그래도 산이 좋아서

* 봉암사 적명스님 입적소식 듣고.

萬 行 11

개울가 촉촉한 물기 있는 바람
크게 숨을 들이킨다
분홍 꽃 온 산 이다
엄마 영정 사진 앞에서
바위 고개 명곡을 삼절까지
온 정성 다해 노래를 부른다
십여 년 간 머슴살이 하도 서러워
그 대목은 눈은 울고
목은 노래 불렀다
지인의 질문이다
스님
노래가 좋아요
참선이 좋아요
그래 맞다
노래도 좋고
참선도 좋다
다 할란다
나는 누구일까
화두 챙긴다

萬 行 12

천년 노송숲길
안개 자욱한 그 길로
엄마가
우리 엄마가
마중 길 나오시려나
즐겨 부르던 울밑에선 봉선화
휘파람 분다
흰 봉선화 꽃씨 주머니
톡 사방으로 흩어진다

萬 行 13

팽목항
노란 리본이 바람에 씻기어 낡았다
어제의 그 아픔을
오늘의 힘찬 걸음 밑거름 만든 것은
우리 모두의 용기와 인내 그리고
노력이 있었다
그래
하심 하자
살길이다
모두가

萬 行 14

금잔옥대 수선화
사람 마음을 이끈다
봄 마중 길섶에 민들레도 만나고
청매화 필 때 달도 밝아라
산배꽃 서럽게 필 때
엄마가 보고 싶다
장부는 평생 세 번만 운다는 말씀뜻
흰 접시꽃 하얗게 웃는다
나라꽃 무궁화 핀 날
이웃에 부용화 꽃도 환하게 웃는다
비가 오다가 그친다
한문 선생 말씀은
"빗님이 내리신다" 해야 양반이란다
세월이 흘러가는데
인터넷 시대 말은
뚝 자르고 꺾어서 쓴단다
채송화꽃 물주면서
나는 누구일까 화두 챙긴다

萬 行 15

귀하디귀한
금쪽같은 아이들이
숲속에서 놀고
수국화 핀 꽃밭
노랑나비 한 쌍
기분 좋은 날

萬 行 16

능소화 꽃
칠월 더위도 두려워 않고
방긋이 웃으며 피고 있다
아버지 자식 사랑하는 마음
능소화 꽃이 눈치 챘나봐
바람스침에 고개 끄덕인다
능소화 꽃은
하늘이 높아도 겁이 없나봐
손잡을 수 있다면 어디든
오르고 웃는다
주황색 화려한 빛으로
햇살이 스며들며
즐기고 있습니다
어머니

혜
륜
스
님

전남 장성 生
출가본사: 경남 산청군 정취암
은법사: 윤고암 전종정
학력: 해인사 승가대 4회 졸업 (1963)
　　　동국대 국문학과 졸업(1971)
주석사찰: 약불사 (대한불교 승가종 원로회의 의장)
등단년도: 1969년 실험문학 창립동인 (시)
　　　　　대한불교 신춘문예 수필(신앙수기)
　　　　　1995년 부산일보 신춘문예 시조 당선
　　　　　1996년 시조문학 천료
시조집: 액자로 걸린 추억, 눈을 뜨는 사랑의 향기,
머무는 곳 없이 네 마음 흘러라, 님이 아니면 모르리,
염화미소를 꿈꾸며, 느낌으로 만난 님,
산승으로 살아가기, 사람으로 살아가기, 산사의 명상,
운수의 노래 기타 저서 및 번역서 다수

수상: 부산문학상 대상, 성파시조문학상 본상 기타

백련사 꽃밭

잠 못 드는 꽃봉오리
파도소리 다독이면
시들었던 꿈의 싹들
두 눈 감고 꿀잠 행복
백련사 스님 꽃밭엔
사시사철 꽃천지

도량목탁 우는 새벽
온갖 꽃들 대문 활짝
길 잃은 철새들을
합장으로 반겨주네
백련사 화장세계는
번뇌들의 화장터

* 백련사: 제주 김녕읍에 있는 작은 절.
  관음사 조실 봉율 대종사가 주석하고 계심.

백련사 파도소리

매달리는 푸른 파도
달래어 앉혀놓고
올망졸망 작은 파도
절집 찾아 돌담 넘네
풍경도 마중 나와서
밤샘기도 한 아름

댕그랑 댕댕그랑
주문의 뜻 못캐어도
불타는 가슴들이
고통뿌리 캐고 있다
노스님 명상에 든 달밤
자연기도 대 풍년

묵언 한 마디

잡초처럼 무성한 말
모두 베어 불태우고
무슨 할 말 또 있는가
조용히 돌아설 뿐
참 말은 입 밖을 나와
헤매돌지 않는데

눈만 뜨면 쏟아낸 말
햇빛 아래 비춰보면
오염 너무 가득하여
세탁도 물 건너 가
부끄러 입 닫아걸고
작은 키로 앉는다

허허허

맵고 쓴
쌓인 세월
간식 삼아 씹어보며

서산을
물들이고
지는 해 도반한다

뼈까지
망각에 묻고
웃음 한번 허허허

옥천사 적멸보궁

- 지성스님께

봄꽃과 산새들이
앞 다투어 참배 오는
적멸보궁 염화실엔
돌부처 노승 한 분
팔십 년 죽비 소리가
연화봉을 감싼다

세상의 시비곡직
구름 아래 떼어놓고
푸른 안개 피어나는
도량 가득 피운 무심
오늘은 목탁새 따라
염불삼매 드셨네

졸업 60년에

- 해인승가대 4회 동기

죽 한 그릇 김치 한 쪽
약을 삼아 한 모금씩
굶주림 몰아내며
무명 껍질 벗겼었지
대장경 뿌리 캐느라
두 눈 시력 시들고

한 분은 승적 떼고
두 분은 열반행 배
여섯 노장 약을 모아
탑을 쌓기 일과라네
이제는 서로 만나도
염화미소 나눌 뿐

스승님 심어 주신
보리수 곱게 키워
꽃과 열매 그윽한 맛
굶주린 이 낱낱 보시
서로가 가고픈 나라
무사 입국 하소서

멀고 먼 저승

눈 감으면
저승이라
길 떠나며 남긴 법문

도착하면
전화할게
다짐하던 일생 도반

얼마나
먼 곳 갔기에
삼 년 되도 없는 소식

도
명
스
님

경남 밀양 生
범어사 출가
여여정사 주지
가야사연구

경남 밀양시 삼랑진읍 행곡 1길 180-158

망산도(望山島) 1

나는 가야 남쪽바다 외로운 섬…
오늘도 나는 그녀가 오기를 기다린다
그녀와 수로의
오래된 약속
나는 두 사랑의 증인으로
오늘도 먼 바다를 응시하네

마침내 기다리던 그날이여
불현듯 바다 서남쪽
붉은 돛에 꼭두서니 깃발 휘날리며 뱃머리에 그녀가 나타
났다
파도는 기쁨에 출렁거리고
나도 함께 어깨춤이 어얼쑤
여이 무등탄 유천간이여
환희의 봉화를 올려주시게
오늘 가야의 왕후께서
오셨노라고…

망산도 2

그녀는 아리따운

아유타 공주님

二萬里 물길 헤쳐 오늘에야 오시었네

그녀 올 때 내가 처음 그녀를 보았고

가야사람 나를 보고 망산도라 이름지었네

언젠가 그녀와 수로왕 함께 은하수 돌아가고

가야마저 땅 깊은 곳에

묻혀졌을때 나는 다시

잊혀 진 외로운 섬…

어느 때 나를 모르는 이들에게 등이 패이고 허리는 잘렸지만

나를 모르는 이들이여

나는 이름 없는 無名島가

아니고 말을 끄는 牽馬島도 아니라네

내 몸 비록 성치 않고 기억하는 이 없으나

나는 가야의 증인

옥같이 빛나는 그녀를

처음 본 望山島 라네

망산도 3

얼마나 오랫동안 잊혀졌던가
바닷가 촌로들만이 나를 겨우 말해왔지만
가야꽃이 지고난 후에는 그마저도 잊혀지고
언젠가 남쪽 섬사람들은
내 이름마저 뺏아 갔다네
아아.. 등패이고 다리 잘려 나는 이제 물속에 가라 않는구나
마을의 김 씨 할배
박 씨 할매
"저이가 파도 막고 바람 막으니 그냥 놔두소"
다행한 한마디에 목숨
겨우 건져지고…
어느 날 저 멀리서 나를 보는 애틋한 눈길 있어
온몸으로 일으켜 세웠다네
안개 걷힌 그 눈길이 내 등을 타고 공주님 온 곳
지긋하게 바라볼 때
나는 알았지
나를 둘러싼 2000년
안개도 걷혀 지고 있음을…

도
해
스
님

법명: 道諧
법호: 潤淸堂, 三如子, 茶如子, 圃山

강원도 동해 출생,
송광사 출가.
해인사 승가대학 31회 졸업, 동국대학교 졸업.
석사, 박사과정 수료, 선원 9안거 성만
2022년 선운사에서 운산당 재선
　　　대강백으로부터 전강을 받음.

등단: 2019년 월간 국보문학 등단
(사)국보문인협회 정회원
제28호 동인문집『내 마음의 숲』편집국장
2023년 (사)국보문인협회 시 분과 이사

수상 내역:
2021년 월간 국보문학 제1회 한라문학상 대상
2022년 대한불교조계종 10.27 법난 전국승려
　　　문예 공모전 '기억, 그 후'로 장려상.

(사)동북아불교미술연구소 연구위원
(사)한국차문화연합회 교육원장
동국대학교 초빙교수

번역 및 공저:
『덕숭총림 수덕사 문헌집』번역(2019)
『고성 옥천사 사적기』번역(2019)
『일제강점기 경북사찰 재산대장 집성』
상·중·하 번역감수(2020)
『문헌 속 마산 정법사』번역(2020)
『문헌 속 울진 불영사』번역(2021)

연락처: 010-3780-6868
주소: 전남 여수시 돌산읍 돌산로 3496-15
　　　달마사

도시락 道時樂

새벽 눈을 뜨기 전부터
미소 짓는 연습을 하고

방문을 열고 바람나무에게
웃으며 아침 인사를 한다

일 없는 푸른 하늘의 일과로
하루를 살아갈 주인공과 나에게

너도나도 본래 없는 도시락
날마다 좋은 날

시간의 초월

해가 뜨면 일어나고
때가 되면 밥 먹는다

낮에는 일을 하고
밤이 되면 쉰다

누가 정해 놓은
삶의 규칙은 아니지만
시간의 굴레를 순례하고 있다

순례의 길이 멈추는 것은
스스로 자신을 마주했던
그 순간일 때 뿐이다

땅 바다 해

해가 바다에게
사랑의 빛을 비추자
바다는 헤아릴 수 없는
많은 생명을 창조하였다

바다는 해에게
하늘의 무수한 별들이
밝게 빛나도록
커다란 거울이 되었다

땅은 해와 바다에 감사하며
그러한 사실을 기록하도록
다양한 인간을 만들었다

아는 자

신나게 운동할 때
사람과 이야기할 때
이런저런 생각할 때
고요히 사색할 때
깊이 잠든 밤에도
항상 나를 보는 자

그 보는 자를 알기 위해
기적 같은 소중한 시간을
한 가지도 기억하지 못하고
잊어버리고 살았던 삶도
항상 아는 자

항상 보고 아는 자를 알 때
진리, 나를 깨달았다고 말한다

입 춘

뜻을 세워 출가한 일
세상의 성공과 다르다

권력과 부귀를 탐하고
높은 이름을 쫓지 않고
처음 세웠던 뜻을 생각해도
가물가물한 기억조차 없다

하루하루 까칠한 머리 만지며
현재의 마음을 보듬고
영원한 봄의 행복 얻고자
기쁘게 뜻을 다시 세운다

누가 세상이 空 하다고 말하나 !
홍매화 향기 눈앞에 가득하다

사람과 차

자신을 잘 알게 하고
모든 사람들에게 이로우며
몸의 바이러스인 암과
에너지만 소비하는 번뇌도 죽인다

녹차를 만드는 일은
지극한 정성과 인내
한결같은 정신 집중은
깨달음의 과정과 닮았다

기호, 가치, 문화, 진리에
가장 잘 어울리는 것은 茶이다

성자암

사량도에는 주변 섬 사람들의
사람과 바다의 평안을 위하고
뱃사람들의 애환을 보듬는
사랑의 화신을 모신 성자암이 있다

고성 문수암에서 보면
뱀처럼 구불구불하여 사량이다
통영 가오치에서 40분
고성 용암포에서 20분
그 뱃길 끝에 옥녀가 산다

일본의 강점기 시절엔
마당에서 솟은 금동불상을
일본인 관리에게 상납한 일도 있고
주민과 정성스럽게 흙으로 빚은
부처님이 방광도 하였다

지금은 맑은 법기 스님이
편안한 얼굴로 사람을 반긴다
20년 넘게 선방에서 정진하다가
불모산 성자암 부처님과 눈이 맞아
부부처럼 소곤소곤 산다

불이야

울진 삼척 동해 7번 국도
화마로 뒤덮인 도시와 도로
눈을 뜨고도 더듬어 가며 뛰고
숨을 쉬어도 폐는 힘겹다

집채만 한 불덩이
귀신 불처럼 날아다니며
스치는 생명은 모두 삼킨다

인간의 성냄과 무지함으로
해마다 반복되는 화마에
나의 탐진치를 던진다

산중일과 (1)

눈뜨면 불법승 삼보께
마음 눈으로 인사를 하고
누룽지 두어 숟갈에
호미 들고 김을 맨다

어떤 일에도 집중하는
마음 없을까마는
나를 움직이게 하면서
한순간도 쉬지 않는 이놈 !

이놈이 무엇인가?

반딧불이

밝게 빛나는 나를 위하여
처음 다짐한 뒤 억겁이 지난 지금에도
하나의 모진 성격을 바꾸는데
천에나 만년이 걸렸다

분명하게 인식하면서 참고 참아
수만 년의 겁을 지나서
오욕락의 원인을 조금 알게 되자
아주 조금씩 몸과 마음이 밝아진다

생각을 바르게 하고 성격을 고쳐가면서
따뜻한 마음씨와 행동으로
어두운 밤을 반짝반짝 밝히는
개똥벌레를 보며 희망을 배운다

로

담

스

님

전남 광양 生
송광사 출가
아가타보원사 주석
91년 문학공간등단
시집;「나 너답지 못하다고」「아버지」
한시 번역;「염불하지 않는 이 누구인가」

법당 안에서

비가 옵니다.
유리창 앞
큰 파리 날갯짓이
별에서 온 교신 같습니다.

유리창을 보지 못해 윙윙거리는 큰 파리
날갯짓은 검정 고무신 구멍 나듯
날개는 떨어져 나가고
목숨마저 잃었습니다.

오늘도 나는
법당에 들어
법당에 든 줄은 알지 못하고
염불로 고래괴래 소리만 지릅니다.

입 추

사르라락
책장이 넘어간다
무형의 바람이
유형의 독서를 한다.

그 가운데 서성대는 나

그는 모두를 죽였다

사람의 인물됨을 죽이고
선거의 축제를 죽이고
이웃 간 소통을 죽이고
함께하는 사람들의 정보를 죽이고
사안의 더하고 덜함을 죽이고
입을 죽이고
귀를 죽이고
눈을 죽이고
생각을 죽이고
숨 쉬는 호흡까지도
모두의 영혼을 좀먹은 좀비로 만들었다.

출마와 동시에

말 못 합니다
축하합니다라는 말밖에
당선을 축하드립니다
전 종도의 이름으로 당선을 축하드립니다
단지 출마했을 뿐인데
천상천하 대할 자 없으니 무등이며
무등등이시며
그 존엄하심에 세존이시며
이와 같이 여여하시니 여래이십니다
빛으로 나투시고
복으로 베푸시며
지혜로 그 패를 나누십니다
그들만이
길이 영원하소서

한다고 하는 일이 그렇지

두 손 열 손가락이
머리를 감겨준다며
물을 묻히고 샴푸로 감기고 린스로 헹궈
드라이에 빗질로 끝내려 하는데
귓볼 뒤 솜털이 궁시렁거리며
아니 머리를 감겨준다더니 어떻게 물 한 방울 적시지 않고
끝내려 하느냐고 묻는다.

두 손 열 손가락이
그래도 제 손톱 때는 씻었다 한다.

눈 물

약속도 없이
찾아온 아버지 생각에
몰난결에 울었다.

눈물이 잇게 했다.

거 울

1
내 나이 육십이 넘어
거친 수염에
면도를 하려고
거울을 들여다 보니
그 안에
육십 대 중 후반
아버지가 있다.

거울 밖에 나는
누구 인가?

2
굴곡진 세월에
깊어진 주름
화장을 하려고
거울을 들여다보니
그 안에
육십 대 중 후반
어머니가 있다.

거울 밖에 너는
누구 인가?
이뭐고

밤나무 아래에서

툭
가을 햇살이
밤을 딴다
떨어진 밤과 밤송이
한 알은 하늘을 닮아 비어있고
한 알은 벌레가 먹었다 다람쥐와 함께 하라 그대로 두고
나머지 한 알은
내가 주워 간직한다.

농부가 콩을 심을 적에
한 구덩이에 세 알의 콩을 넣는 것이 이에서 배운
철학인가 한다.

목 탁

어린아이가 운다
자자질듯 운다
아픔에
말 못함에
모르는 것에

목탁이 운다
그칠 줄 모르고 운다
신도들의 소원하는 발원에
기도하는 스님의 번뇌에
주지스님의 천하태평 원력에

울음이 그치는 그날을
우리 모두는 기다린다.

묘
광
스
님

문학박사
중앙승가대학 교수
전)대한불교조계종 포교원 포교연구실장
대한불교조계종 중화사 주지
불자가수
연예인 전법단지도법사

한 사람

한 사람을 만났습니다
오랜 시간을 기다려
마음에 둔 그런 사람도 아닌데
앞산 언저리에 부는 바람처럼
지나가는 소나기를
맞이하듯
그렇게 한 사람을 만났습니다

하늘이 파랗게 열리고
신작로 길이 멀어
보이지 않는 것은
한사람이 저 언덕 너머에
있기 때문입니다

그 사람이
부는 바람에 내리는 빗줄기에
몸을 움츠릴까
옷이 젖을까…

이제는
그 사람을
한 사람을
만나야 하는 이유이기도 합니다
소중한 것보다
보고 싶음을 배우고
아련함보다
그리움을 알고
만나야 하는 이유를
이유로 만들었습니다

그 한 사람이
여기서
같은 곳을 바라보는
내 곁에 있습니다

한 사람을 만났습니다
그 사람을 요.

어머니 ⑵

어머니를 만나러 왔습니다
어머니의 내음을 찾아
이제는 내 곁에서
영원히 계시는
어머니의 손을 잡으며
어머니를 뵈옵니다

바다 건너
어느 작은 도시
한적한 마을에
어머니 흔적은
남아 있는데
내가 찾는 어머니는
진작에 없습니다

어머니하고
어머니를
나지막한 목소리로 부르고
파르르 떨리는 입술을 깨물며
어머니 내음을 다시 찾습니다

그 언젠가
어머니는
이곳이 놀이터셨었고
배움의 장소셨지요
조국이라는 이름에
봉양을 찾았고
그곳은 어머니의 고향이었습니다
그러나 지금,
어머니는
내 마음의 고향이 되었고
그 고향에 진한 내음을
향기로 느끼고파
어머니를 만납니다

어머니
내 어머니!
목련화 같은 내 어머니!

흔 적

저기 앞산은
내 고향 앞산 모양새와 같이 보인다
하늘도,
겨울이 와 있는
옷 벗은 나무도
모두가 고향에 두고 온
내 눈 안의 모습과 똑같다

내 마음이라는 것이
여기가 타국이라고
육체에 알려주며
움직이는 걸음걸음에
그 옛날
아버지의 아버지가
아파하고 서러워했던
자취를 찾는다

덮어진 길거리의
자동차 행렬이
마치
아버지의 아버지가

떠나가는 모습인양
내 눈은
그 행렬을 따라
어디인지는 모르는
머나먼 곳으로
따라가기만 한다

세월의 흐름이
역사를 만들고
시간을 잡지 못했던
아버지는
아버지의 아버지를 그리워하며
곰방대의 긴 담배 연기와
소리 없이 흐르는
눈가에 이슬을 보여 준다

시간을 되돌려
아버지의 아버지를 찾아
아버지의 모습을 안고
먼 길을 달려간다

아버지의 아버지가 가신 이 길을
역사는 알고 있다
지금 우리가 가는 이 길을.

누이야

누이야
찬바람이 불면
벙어리장갑에
빵모자를 쓰고
국화빵 사 먹던 그때를 생각한다
오빠로부터 물려받은
부드러운 천의 귀마개로
귀를 덮으며 겨울을 맞이하고
풀빵, 고구마의 맛있는 입맛을 떠올리며
대문 앞 웅크리고 앉아
아버지를 기다렸던
내 누이야

장미꽃보다 더 진한 향기와
백합보다 더 고운 자태로
웃음을 잉태하며
따스한 봄날에
시원한 바람을
가져다준
나의 누이야

홀로 가는 외로운 길에도
두 손 잡아 주는
오라비의 간절함 대신
엷은 미소에
더 찐한 사랑 담아 보름달 만들고
소나무처럼
쪽빛 바다처럼
저 하늘 뭉게구름 같은
웅공의 내 누이야

이제는 말하려 해도
사랑한다 하려 해도
배어있는
코끝의 찡한 것만 남아 있을 때
국화 한 송이에
가슴을 쓸어내리며
돌아서는 방랑자 된다.

부둣가 온천장

새벽 비가 내리는 부둣가에는
이방인들이 아침 길을 걷는다
홀딱 벗은 몸뚱아리 하나
간밤에 뒤척였던
피곤함을 모래찜질에 던지고는
흘러내린 땀방울에
시원함을 느끼는 것은
방하착을 하나 만들어 내고
수평선으로 이어지는
똑딱선배가 출항을 한다

한 세기 지나 보이는 흔적을
남기는 탁자 위에
다소곳이 앉아 있는
도공이 남기고 간 찻잔 하나
그 찻잔에
내 입술을 포개며
도공의 사랑을 느낀다

여명의 아침에
살아 있는 소중함은

내 어머니 숨결을
간직하고파 하는
같은 하늘
낯선 곳의 설렘이다

저 배가 떠나서 돌아올 때는
내 육신을 일으켜
마음을 두고서 떠나는
이방인 되어
또 다른 나를 만나러
그림자 길게 드리운다.

심수관 (1)

아버지가 들려줬던
아버지의 아버지 모습은
지금 내 아버지가
아버지의 아버지 모습이다

내 손을 잡았던
그 옛날
아버지 손은
바다 건너 그리움을
화폭에 담았고
영혼 속에 간직된
불꽃 하나가
수평선 가로지르는
등대가 되었다

여기에 서 있는 소나무는
고향에서 퍼온 흙 한 줌으로
진한 향수를 달래며
채워지는 잔 속의
아련함은
당신께서 돌아가려 하는

언덕 넘어 계시는
엄마의 품이리라

거울 속에 비친
내 모습보다
잔 속에 비친
도공의 모습은
아버지의 혼을 담은
지지않는 저녁노을이다

쨍하고 부딪히는
저 소리도
머릿결에 흩날리는
소녀의 조잘거림도
그대 내 안에 있는
아버지 가슴이어라.

심수관 (2)

그 옛날 아버지는
이 길을 걸어오셨다
아버지의 아버지를
가슴에 품으며
어머니를 불렀고
두 손에 떨어지는
뜨거운 눈물은
지금도 지워지지 않는
한 점 구름이다

하늘이 열리고
불덩이 하나 떨어졌다
세월 속에
불씨 하나는
아픔과 회한의 동반자로
역사의 장을 펼치는
첫 장이 되었다
그 흐름
찬란함에
새벽이슬은
오색 빛으로 영롱하고

흔적 남겨진 단군상에
아버지 모습 포개어진다

위대함이여!
거룩함이여!
그대 어찌
영광이라는 말이
피해갈수 있으리
보내고 맞이 했던
많은 날들의
기억 저 편에
비로서 어머니 모습이 보였고
몸을 일으키듯
들썩이는 어깨와
붉어진 두 눈에는
무언無言 속 펼쳐지는
동방의 내 나라가 춤을 춘다.

미야코노조

미야코노조에는 눈이 내린다
내 고향 눈과 똑같은 모양새로
눈꽃도 만들고
아무도 밟지 않은
대나무 숲 우거진
박새 집에도 소리 없이
밤새워 하얀 지붕으로
새 단장을 했다

우리가 왔던 그 길로
다시금 우리가 떠나려 하는데
아쉬움의 손짓인양
솜사탕을 뿌려준다
아장대는 아기 걸음처럼
종종대는 발걸음에
히안 니리 하얀 세싱의
눈부심은
우리를 이끌어 주는
고마운 30인승의
일본 나라 대형차가

한 걸음 한 걸음
햇살을 향해 대로를 걷는다
우리는 선녀다
우리는 선신이다
하늘에서 솜사탕 차를 타고 내려온
사신처럼
계곡을 누비는 바람이다

추억의 한 장을 남기고
아쉬움을 느끼기 전에
차는 떠나고
눈앞에 펼쳐지는
설경의 미야코노조는
고국의 한계령 정상과
같아 보인다
입을 벌려
하늘이 주는
햇살 머금은 눈송이 밥을 먹고
떠나려 하지 않는 발걸음에
나신은 벌써
저만치 가 버렸다.

시 간

춘향이가 그네 뛰고
이 도령이 부채로
얼굴을 가릴 때
고향 땅 남원에는
어머니 혼자 계셨다
아버지를 보내고
긴 한숨을 내 쉴 때
그리움이 쌓여서
긴 담벼락을 만들고
길모퉁이 돌아서면
부를 것 같은
아버지 목소리가
돌멩이 하나하나에
새겨져 있다
이제는
내가 아버지되어
세월의 흔적을 찾을 때
어머니가 저 만치에서
나를 부르고
내 그림자
담벼락 따라 돌고 있을 때

아버지가 또 한 번
나를 부르신다.

후쿠오카 공항

이제는 떠난다
누구라고 할 것 없이
먼저 길을 가면
뒷모습에 내 모습 이어지게
행렬을 만들며
이슬비의 촉촉함처럼
마음은 지난 5일의 여운에 젖는다
이방인 되어
낯선 곳을 찾아
잠시나마 주인 인양
도공의 손길에
숨죽이고
깊이 파고드는
한 민족이라는 것에
눈시울이 붉어진다
그레,
두 팔을 벌려보자
심호흡 한번 크게 하고
피를 나눈 형제애를 나누며
언제인가 만났던
그 모습처럼

두 손을 잡는다
또 다시 찾으리
그리움이 느끼기 전에
보고 싶어 하는 마음 간직한 채
사랑하나 심으러
사랑을 꿈꾼다

합 장

그대
푸른 눈의 운수납자여!
저 창공의
바람을 가르듯
상아탑의 표상에
젊은 기상을 드높인다
함께하는 시간 속에
하나 됨을 확인하고
맞잡은 손과 손에는
정겨움에
그저 환하게
염화미소만
저 하늘을 수 놓는다
형형색색의 화려함은 아니지만
가슴 저 끝에서
나오는 무지개색 아름다움과
눈이 부시는
그 찬란함에
조용히 두 손을 잡는다

승가화합의 날

하늘의 푸름에
젊은 기상은
답변이라도 하듯이
바람을 가르며
5월의 싱그러움을 만끽한다
잊어야 할 지난날
잊힐 시간,
고운 사연 하나 남기고
구름도 그림이 되어 주는
하늘 언저리에
그리운 얼굴 그려 본다
내가 네가 되고
네가 내가 되어
하나 임을 우리는
피부로 느끼며
녹음이 우거지는
산허리를 돌아간다
그래,
오늘같이 하루가
내일로 이어지리라
젊은 그대 이름으로.

범
상
스
님

경북 울진 生
동화사출가
용봉산 석불사 주지
2005년 〈문학공간〉 등단
승려시인회 사무총장
여래문학회 사무총장
시문집『탁발』, 시집『용봉산 心으로 새기다』

위험! 표지판을 세우다

큰스님께서 지으신
으리으리 큰절

큰스님의 상좌
주지 큰~큰스님

거칠 것 없는 큰~큰스님
'탄성' 내지르는 도력

듣지 않아도 꿰뚫는 신통력
결론은 쩐(錢)아닌가

"스님 나 알아!"
"오늘 처음 뵙습니다"

"승려증 확인하고
차비 줘서 보내시오!"

한가득 차서 넘치고 넘쳐
二斗라 했거늘

二斗의 한량없는 자비
과연! 과유불급이로세

태산 北斗요, 해동 二斗인데
관음사에는 離斗이니

드높은 二斗의 글
작은 시집에 담기 어렵게 됐고

사람 다니는 길, 道이니
二斗, 조심하라 팻말
〈승려시집 10권〉에 세운다네

* 2566년 5월 26일 승려시집 10권을 준비하며
  二斗 큰스님의 시를 특집으로 싣기로 결정하고
  승려 시인회 회장이신 진관스님과 청주관음사를 찾았다.

上月의 圓覺 세상

생사의 삶 굽이굽이
일주문 지나는 일심정성
구도 열정의 계단계단
이어지는 해탈 열반의 행렬

상월원각 대조사 法香 따르는
높낮이 없는 도반들의 걸음
一露大海 이루는 光明殿
관세음보살의 법화행자들

오고감 없는 도리 속에
원각 대조사 열반 48주기
一點 씨앗 千萬花로 피어난
無相 無生 無染의 본래자리

연화장 묘법의 법화세계
가릉빙가 영산회상의 노래
관세음보살 환희의 춤을추니
救仁자비 화장장엄 이루었네

* 상월원각 대조사 48 주기 열반재일에서

여래문학회 창립

여래문학회 회장 추대식
정지용 문학관 답사 후
약사사에서의 하룻밤

문학박사 진관 큰스님
근현대 시문학 강의
좌, 우익 문인들의 갈등

문학의 순수성
정치에 이용, 결탁되는
생존, 그리고 탐욕의 활극

시간이 박제되는 역사
권력, 명예, 자본 사라지고
오직 천만년의 평가만 따를 뿐

팔만장경의 시문학
詩心의 순수와 열정으로
광선유포 신불교운동 외칠 때

어디서 왔는지
창가에 내려앉은 반딧불이
형설지공 노래하네

* 2566년 9월 17일 여래문학회 회장 추대 전야

나만의 옷

찬바람이 더 깊어지기 전에
마음에 두었던 나만의 의식
육 년 만에 또 꺼내들었다

두고 온 情이라 흉봐도 괜찮고
구름 같은 번뇌라 해도 괜찮고
세상 웃음거리라도 괜찮다

어릴 때 눈을 다쳐
올이 두세 개로 보이는 어머니
감각과 무한정성으로 길쌈을 하셨다

마지막 남겨 놓았던 삼베
길 떠나온 아들에게
한 땀 한 땀 꿰맨 옷 보내오셨고

그간 일 년에 한 번씩 입었는데
요 몇 해 그것도 형편이 닿지 않아
마음으로 입어야만 했던 그 옷

오늘 그 옷을 입었다
가볍게 살라고 주머니 없는 옷
情 담지 말라고 주머니 없는 옷

누가 뭐래도
매년, 마지막, 그리고 시작
어머니의 옷을 입으련다

낳아 주신 옷
정성으로 짜서 주신 옷
옷 값 대신 걱정만 한 보따리

뒤웅*의 교만

역사 앞에 반성 없는 분노
분노가 아니다
역사를 모르는 외침
외침이 아니다

단지 제 감정 못 이겨
울부짖어 대는
무식하고 오만한
금수의 울음소리일 뿐이다

침략군과 군함에 타고 온
십자가의 뒷거래
총으로 나라를 짓밟고
거짓으로 민초를 도륙했건만

파렴치 탐욕의 城 지키러
가면극을 펼치는 무리
조상들의 절규 음악 삼아
무지의 춤을 추는 오늘날

넋 나간 뒤웅 같은 인간이
시인 연 금수의 울음 담아
시집이라며 내밀었다
에이 호래자식아!

* 반으로 쪼개지 않고 윗부분을 잘라 속을 파낸 바가지

벗을 기다리며

꽃이 열흘만 붉으니
年年이 아름답고
벗은 때마다 새로우니
언제나 그립다

좋은 茶 어렵게 얻었으니
벗, 마당에 들어서기 전에
단칼에 베어버리려
봄볕에 칼날을 세운다

인간사

석청 목청
훔쳐 온 쾌감으로
달달하고

벌통의 꿀
빼앗은 짜릿함으로
달달하니

꿀맛 같은
탐욕의 인간사
조용한 날 없구나

만해를 생각하며

자유는 만유의 생명이요
평화는 인류의 행복이라!

만유는 자유를 사랑하기에
남의 자유를 박탈하려는 자나
남에 의해 자유를 잃은 자나
모두 불행하긴 마찬가지이다

보시게들
나라는 반드시 찾아야겠지만
그렇다고
우리가 부국강병 하여
남의 나라를 쳐들어간다면

오늘 우리가 겪는 이 고통을
남의 민족에게 고스란히
가하게 되는 것이니
조선이 독립을 맞이하는 날
인류는 평화를 맞아야 한다네

석가모니 부처님이

지금 이 땅에 오셨다면
어찌 조선의 독립만을 외쳤겠는가
전 인류의 행복과 평화
생명의 존엄을 위하셨겠지

나도 이와 같다네
힘을 신봉하는 제국주의와
당장 눈앞의 일본의 만행은
무지한 중생 탐욕의 칼춤이니
미혹을 깨닫게 해야 한다네

인류행복에
제국주의와 일본을 제외하면
그것 역시,
참다운 행복! 참다운 평화! 아니니
내 자비의 회초리를 들어
무지를 일깨울 뿐이라네

모든 생명은 자유를 사랑하여
전쟁은 반드시 끝나게 되니
이 전쟁이 끝난 후

평화를 얻게 되면 반드시
오늘의 아픔을 잊지 말게

세상 모든 존재는
나와 같지도 않지만
그렇다고 다르지도 않으니
不二로서 하나요
자비로서 형제라네

사해동포, 민족으로 다르고
생각으로 각각 달라도
不二로서 하나임을 소스라치게
깨달아야 한다네
그것이 만유의 행복이라네

다시 한 번 말하지만
나와 너 일체 만물은
같지도 않지만 다르지도 않는
不二를 가슴에 새기고
그것으로 이웃을 살펴야 하네

不二, 부디 잊지 마시게
不二는 인류가 행복해지는
유일한 길 임을 명심하시게

달 밤

작년에 아쉬웠던 이화酒
여태껏 남겨 두었나 보오

벌겋게 달아오른 달무리
─筆의 구름 한 점

한 획 긋고 간 무심한 벗
─點으로 떨어져 그리움 더하네

丹 心

立春이 얼어붙은
지난밤 강추위

뜰 앞 홍매화
붉게 뜨거운 꽃가슴

丹心의 열정
부처의 멱을 잡는다

선
묘
스
님

충북 단양 生
선암사 출가
예산 쌍지암 주지
한국문인협회, 충남 시인협회 회원
2002년 『문예운동』 등단
1986년 서울문예대전 문인화 부문 입선
2006년 안견미술대전특별상
2007년 대한민국고불서예전 삼체상 특선
2014년 제37회 한국문화예술대전
　　　　(서울 메트로미술관)
2015년 아세아 미술초대전(서울시립경희미술관)
2015년 제2회 개인전(인사동 고도갤러리)

시집 「슬픔을 받아적다」「목어를 찾아서」
　　「부처 팔아 고기나 사 먹을까」
　　「집은 멀다」「청산은 나를 보고」
　　「메주꽃 항아리꽃」
수필집 「인연」「운명이 그대 어깨를 짚을 때」

집은 멀다

집이라는 말만 들어도 정겹다
집으로 간다는 생각만 해도 마음이 편안해 진다
그러나 집으로 가는 길은 멀고 험해서
이제 반쯤 왔겠지 하는데
흰머리가 성성하다
백발이 대문을 여는 열쇠라는데
아직 돌아갈 길이 멀고 험해서
새벽길 재촉하며 서리를 맞는다
흰머리 위에 아침 하얗게 덮인다.

돌아설 때

너무 멀리 온 것 같을 때가 있다
잠시 앉아 흐르는 땀방울 훔치며
뒤돌아보는 때가 있다
앞으로 갈 길은 먼 데
자꾸만 지나온 길이 그리울 때가 있다
이제 그만하면 됐다
회향할 때다
앞으로 더 가고 다시가도
지나온 그리움만 늘어갈 뿐
돌아 갈 길만 멀어질 뿐이다
지금 할 일은 오지 한 가지
이제 돌아설 때다

다보탑

마당 한쪽에 돌탑을 쌓았습니다.
달그림자를 받아 삼키며 보름 동안 키가 자란 돌탑
어떤 날은 자기보다 더 큰 그림자를
마당 끝까지 세워둡니다
탑을 쌓아 올리면서
무너지지 말라고 다보탑이 새겨있는
10원짜리 동전을 함께 쌓았습니다.
새로 나온 10원짜리는 다보탑이 작아졌군요.
세월은 큰 것을 작게 만들기도 하는군요
줄이기도 하는군요

모 정

한참 동안 흔들던 손 내릴 줄 몰랐었다
강아지 발톱 사이로 해가 저물고
너의 뒷모습만 아련했다
네가 떠나던 날
꽃이 한창이었는데
다시 봄날이다
마당에 꽃향기 가득한 것이
혹시나 꿈에서 맞이할까
날 저물기 기다린다.

구 업

말이 없는 사내가
네 귓전에 한마디 속삭인다
스님, 저놈 가까이 하지 마세요
말이 많은 것이 어딘가 분명 구린 놈이니
오랜만에 내뱉은 한마디가 험담이다
말없는 것이 다행이다
말이 많았다면
그 많은 구업을 어찌할 뻔 했나

코고무신

고무신이 찢어져서 헐렁해졌다
예산 장에 나가 새로 샀다
신발집 아저씨가 남자 거요 여자 거요 하길래
일부러 코고무신 주세요 했다
코고무신은 한복을 입은 고운 여자들에게 어울린다.
여자스님도 남자고무신을 신는다.
내 몸을 싣고 가던 배 아무렇게나 버리고
조금만 작거나 커도 서로가 서로를 버린다
가을볕이 한창이다
고운 단풍아래 하얀 고무신 꺼내 신고
오래전에 지워진 내 안의 여자를 만나러 가볼까

4월의 노래

회색머리 비구니 홀로이
꽃길을 배회한다
산사나무 아래를 지날 때
하늘을 쳐다보며 머뭇거린다.
그대 기억 하는가
다시는 볼 수 없다
봄의 노래를 다시는 들을 수 없다
희망의 새싹을 기억하라
그대여
오월의 함성소리를
침묵의 고뇌를

서리꽃

바람은 빠르고 물빛은 차가우니
산천에 서리꽃이 만발하였다.
부질없는 호사를 꿈꾸지 않으니
맑은 바람이 풍경을 흔들고 지나갈 뿐이다.
이내 서러질 서리꽃 바라보며
저무는 목숨을 곰곰 생각한다

소나기

아랫마을 보살님들
왁자지껄 몸보다 말이 먼저 당도합니다.
칠순이 넘은 법력으로 다가오십니다.
매일 큰 법력과 마주하다보니
법당에 있어도
아랫마을 소식이 들리고
산에서 내려간 적 없는데
소나기처럼 온 마을을 훑치고 지나갔다 합니다

풍 설

산촌에 겨울이 깊어
산봉우리 마다 차가운 눈발 펄펄 날려
마음 또한 한가롭다.

흰 머리 굽은 노인들이 밖으로 나와
잔설을 쓸어내니
어찌 자신이 한 폭의 그림 속 주인공인줄 알 수 있으랴.
누군들 제 그림을 물끄러미 볼까

수
완
스
님

법명 : 수완
전남 신안군 生
해인사 출가
정취암 주석
*현대불교문인협회 회장
*계간 불교와 문학 발행인
1991년 『공간문학』 등단
시집 * 마음 빈 하늘,
      * 이내의 끝자리,
      * 향기는 아직 찻잔에 남았는데,
      * 지리산에는 바다가 있다,
      * 유마의 방

淨趣庵
絶巖懸淨趣
山川一望通
萬壑白雲起
扣門淡塵跡

우담바라

우린 오늘 어디에 서 있는가?
그리고 또 우린 무엇을 보는가?

삼천년에 한번 핀다는
우담바라 꽃이 지천으로 피는 곳
부처님 눈썹에도 피고
예수님 십자가에도 피고
문지방에도 피고
화장실 변기에도 피는 세상

우담바라 꽃 피면
부처님이 출현한다던 전설이
아직도 우리를 설레게 하는 것은
우리가 바라는 것들이 얼마나 간절했으면
풀 잠자리 알을 보고도
전륜성왕의 출현을 기대하며
우담바라 꽃이 피는 꿈을 꾸는 걸까

우리가 바라는 세상은
특별한 세상이 아닌
우리의 아이들이 안전하고 평화롭게

자유로운 세상에서 풀 잠자리처럼 사는 거다

우리가 아침저녁 기도하며
꿈꾸는 세상은
우리의 어머니 아버지가
우리의 언니 오빠들이
가족과 이웃을 함께 생각하고
작은 것이라도 함께 나눌 줄 아는
소박한 세상이다
그러면 굳이 우담바라가 피지 않아도 괜찮다

금강반야바라밀경

나는 이렇게 들었다

아난다 보리수 나뭇잎 새에 머물던 바람
풀잎으로 내려와 살랑이는 물결이 된다.
여래향실에서 피어나는 법향
쉬라바스띠 넓은 정원을 지나
아난다꾸띠로 수붓띠꾸띠로 퍼져간다.
아난다여! 하고 부르는
여래의 법음 보일 듯 들려온다.

탁발하고 돌아와 손과 발을 씻고
공양을 마치고 가부좌로 고요히 앉아 선정에 든 부처님
수붓띠가 자리에서 일어나 부처님께 예를 올리니
잔잔한 물위에 물결이 인다.
세존이시여!
후세의 중생들이 어느 때 행해야하고
어느 때 머물러야 합니까?
수붓띠의 물음이 파도가 된다.

수붓띠야!
연못에 비친 달을 어찌 보느냐?

물위에 흔적 남지 않는 것처럼
이와 같이 행하고 이와 같이 머무르라
일렁이던 물결이 고요해지고
하늘과 숲과 새들과 풀벌레 소리
보살 연각 성문이 한바다 위에서
무가애無罣碍 춤을 춘다.

납월 파일소식

-길 위에 길을 내다

30년 전 길 떠난 어머님이
30년 후 기일에 납월 팔일의 소식을 묻는다.

어제 저녁 밤새 꽁꽁 얼어붙은 한강물이
쩡! 쩡!
할喝을 토吐하더니
오늘 새벽 스님의 독경소리
싸락눈이 되어 길을 덮는다.

생야生也!
사야死也!
부족함도 넘침도 없이 범범함이여

타지마할에서 어머니를 만나다

바위덩이처럼 무거운 집착을
가슴 가득 안고 사셨던 내 어머니가
오늘은 사자한의 왕비처럼
타지마할의 대리석 석관에 누워 전생 이야기를
야무나강에 흘러 보내고 있다.

후덥한 바람결에 실려 오는 어머니의 이야기
흙먼지 푸석이는 아그라에서
쉬라바스티행 버스에 탄 사람들
그들 모두 돌덩이 하나씩 안고 있을
저마다의 어머니를 만나고 있다.

내 어머니의 마지막 임종은
바위 같은 집착을 겨우 떨쳐내며
'큰스님 되세요.'하는 절박한 애원이
마지막 숨결로 야무니 강물에 비친
저녁노을이 된다

가변차선

서울 대전 간 고속도로에는 가변차선이 있다
평소에는 통행할 수 없는 길이
어떤 상황에서는 허용되는 길

당신의 삶 속에는 어떤 가변차선이 있습니까?
가지 말아야 하는 길이
상황 변화에 따라 한시적으로 허용되는 길
우리는 얼마나 많은 가변차선을 가지고 살까
그 가변차선이 작용하는 범위가 많고 클수록
서로를 이해하는 폭이 커질 수도
서로에 대한 불신이 커질 수도 있는 선
내 가변차선은 누구에 의해 설정되어야 하며
그 정당성은 어디까지 허용되어야 할까

허용하는 사람과 집행하는 사람사이에
마음의 간격으로 그어지는 선

정취암 일출

골짜기가
수런스러워
달빛 내리는
소리인 줄 알았더니
발아래
산안개 가득하다

연실 같은 그리움으로
밤새
님이 펼친 번뇌인가

신 새벽
빨간 꽃잎 되어 떠오르는
꽃대바람 속 쪽빛 바다

길이 되어 흐르는 강

물이 흐르는 곳에 길이 있고
길이 있는 곳으로 시간이 흐른다.

시간을 먹고 사는 것들은
시간과 함께 소멸해가고
시간 속에서 길을 가는 이들은
자신의 안으로 흐르는 강물이 된다

내안에 길이 되어 흐르는 강물이 있다
그곳에는 산과 들과 바람과 구름이 떠가고
아이들 뛰노는 소리 물굽이 치며 흐른다

좌 선

돌을 쪼아
이름을 꺼내듯
아침 햇살은
싱그러움으로 화두를 쪼으고
좌복에 앉아
깜빡 조는 순간
창호 그림자 위로
탁본을 뜬다.

꿈속의 부처는
산새 소리다 가
아련한 바람결에 실린
해조음이다가

등짝에 낙관을 찍고
활연대오豁然大悟하는 죽비소리
죽비소리로
깨어난다.

마스크

코로나-19는 광풍이 되어 일순간에 일상의 질서를
바꾸었다
처음 코로나-19가 유행 되던 때는 확진되는 것이
죄악시 됐다
몸속을 헤집고 다니는 바이러스보다
비수처럼 파고드는 주변의 눈빛이 더 무서웠다
입에서 입으로 옮아가는 카더라 하는 말이 더 무서웠다
모진 목숨을 견디기 위하여 눈과 입을 피해 다녀야했다
살고 있는 현장이 외딴 섬이다
WHO세계보건기구와 중앙재난본부에서는
코로나-19 확진자 수와 사망자 수를 날마다 브리핑한다
마스크도 생년에 맞추어 한 장씩만 사야했다
모든 일상 속에 마스크가 최우선이 되었다
차를 타려해도 마스크
마트에 들어가려해도 마스크
식당과 찻집도 마스크를 쓰지 않으면 출입이 통제되었다

오늘을 살아가는 현대인에게
마스크는 모든 일상 속에 시작점이 되고 또 끝이 되었다
걸음마를 시작하는 어린아이에서부터 100세 노인까지
세계는 백신 개발의 새로운 각축장이 되었다

화이자, 아스트라제네카, 모더나, 얀센 등 등
선진국들이 백신을 앞 다투어 개발하고
나라마다 백신을 먼저 확보하기에 총력을 기우렸다.
중국과 러시아도 자국의 백신을 개발하고
서방세계와 대척점을 이루었다
코로나 2년차를 맞으면서
여러 형태의 변종들이 새로운 확산의 진원지가 되었다
백신을 2차 접종까지 마친 사람도
불안한 눈초리를 마스크로 감내해야한다
마스크를 벗는 것이 모든 사람들의 소망이 되었다

인과응보

망망대해 한가운데 떠있는 섬에서
폐쇄공포증 같은 불안감을 갖는 일그러진 일상
코로나-19는 우리의 삶을
어느 순간에 송두리째 집어삼켰다
지독한 공포는 집단속에서
혼자라는 외로움을 느끼는 것
나를 잠식해오는 불안과 소외감은
누군가와 함께했다는 것
철저히 혼자여야만이
대중 속에서 존재할 수 있는 아이러니
억측과 같은 무기력한 현실에
순응해야만 살아남을 수 있다
변이 바이러스가 이름을 바꾸어 드러날 때마다
이미 있는 백신마저 허상이 될까 바
지독한 고독과 맞부딪치며 견디어야한다
인간도 자연속의 한 개체임을 간과하고
오만방자한 과신으로 저지른 행위들이 모여
일상을 옭아매는 밧줄이 되어 돌아왔다
오늘은 어제의 인과응보다

오
심
스
님

2020년 〈문학공간〉 신인문학상
불교신문 주간
대한불교 조계종 종회의원

전) 울산 불교방송 사장
전) 불교중앙 박물관장
전) 대한불교 조계종 문화부장
현) 조계종 종립학교 관리위원장

영혼 결혼식

무슨 인연이란가
이승에서 못단 사랑
저승에서 만났네
그렇게 곱디고운 이승의 사랑은
이제는 영겁의 인연으로 다시 만났네.
그러하소서 그러하소서
보이는 것이 다가 아니기에 보이지 않는 곳에서
보이지 않는 둘만의 사랑으로 한껏 사랑 하소서.

새벽문을 열어보니

아침 문득 새벽을 여니
꽃이 피고 새가 우네
그 누가 그리워 하늘을 보는가?
이제 갈 수 없는 고향이런가?
신새벽 차가운 공기가
스승의 회초리 같다.

이 명

내 귓속에 매미 한 마리가 산다.
이놈은 쉬지도 않고 울고 있다.

천년의 소리인가?
만년의 소리인가?

너무 많이많이 들어서
그만 들어라는 소리인가?

세상 소리 지겨우니
빨리 下鄕하라는 소리인가?

인생의 말년이니 쉬어가라는 소리인가?
이제는 내려놓고 가라는 소리인가?

월탄스님 추모시

당신은 종단의 시초요
당신은 종단의 시발점이요
당신은 종단의 기둥이셨습니다.

당신의 그 의협심이 종단을 살렸고
당신의 그 분심이 종단을 기초했으며
당신의 그 신심이 종단을 발전 시켰습니다.

때로는 '할'로 대중을 다스렸고
때로는 자비심으로 대중을 보살폈고
때로는 평정심으로 아버지의 품을 보이셨습니다.

이제는 편히 가소서
이제는 편히 가소서
그리고 잠시 쉬셨다 큰 빛으로 다시 오셔서
불교의 큰 힘이 되어주소서

천재 진원스님 추모시

스님을 처음 뵌 듯 군대 가기 전 그 시절
저는 스님이 그렇게 멋진 스님인줄 몰랐습니다.

강의하시기전 시자가 드린 꿀 차를
그렇게 맛있게 드시고 입맛을 다시던 스님이
그렇게 아픔을 가진 스님인줄 몰랐습니다.

당신은 우주를 꿰뚫는 천재였고
역사를 읽을 줄 아는 선지식이셨습니다.

당신은 불교의 역사적 아픔을 온 몸으로 받아내시고도
일절 남 앞에 나서질 않으셨습니다.

그리고 묵묵히 수행하시며
후학을 가르치시고 정진하셨습니다.

사바세계의 아픔을 뒤로하시고 몰란결에 가셨습니다.
다시 오소서 다시 오소서 꼭 다시 오셔서
그 아픔 치유 받으시고 큰 복락 다기 누리시옵소서.

그리고 저와도

다시 한 번 따뜻한 차 한 잔 나누시지요.

아픔은 아픔인 째로

인간의 생로병사 바꿀 수 없고
사바세계의 팔고도 바꿀 수 없고
내 생의 업도 바꿀 수 없네

오는 인연 막지 말고
가는 인연 잡지 말고
오는 병도 막지 못하네

이 놈이 내게로 와서 친구 하자네
그래 이놈아 어서 잘 와라
니 놈이 그 놈이냐

니가 온 것도 내 인연
니가 와서 노는 것도 우리 인연
때가 되면 가는 것도 인연이겠지.

삼라만상은 이렇게 오고 가니
너도 반갑고 나도 반갑다.
아픔은 아픔인 째로 그렇게 받아야지.

나이 들어

나는 나이 들면 안 그래야지
나는 나이 들면 안 그래야지
나는 나이 들면 안 그래야지

그렇게 수 십 번 수 만 번 다짐을 해도
인간은 망각의 동물이라 잊고
또 잊는다.

나이 들면 입을 닫고
지갑을 열라고 했던가?

왜 나이 들면 노망이라 하는가?
알지 못해서?
깨닫지 못해서?

옳거니 맞다!
너는 알지 못하는 멍충이!
바보!

나이 들면 아름답게 지혜롭게 잘 살 일이다.

인생무상

떠나간 세월은 무섭지 않습니다.
날아간 세월도 그립지 않습니다.
눈물도 보낸 님도 서럽지 않습니다.

알지 못하는 세월의 두려움이 가슴을 칩니다.
일어난 고통의 아픔도 뇌고를 칩니다.
앉지도 서지도 못합니다.

내 아픔은 내 아픔일 뿐
너는 내가 아니다.
맞지 맞지.

흘러간 세월이 무상이고
다가올 인연 내생이네

우리는 어떻게 만날래

수행자의 길

삶의 주인공은 나
인생의 주인공 나
내 생의 주체는 나

나는 홀로 가는 수행자
나는 홀로 가는 고행자
나는 홀로 가는 수도승

이 삶에 목숨을 걸어라
나는 누구인가?
너는 누구인가?

처절한 몸부림으로 세상과 마주한다.
환상이 보이고
번뇌가 물결친다.

오라하면 가고
가라하면 온다.
간다 간다 그냥 간다. 그곳으로.

세월이 가니

일어난 세월이 몇 해던가?
마음은 아닌데 아닌데
몸이 그렇다고 하는구나.

아 몰랐네
세상은 변하고
나만 안 변하는 줄 알았네

바보다.
바보다.
참 바보다.

이렇게 세월가면
나도 죽고
너도 죽는 것을.

뛰다가 죽으리

기차 시간 다 되어 뛰었다.
다른 이는 태평하다.
나만 조바심이 난다.
불안하다. 늦으면 못 간다.
내일이 명절이다.

뛰었다.
2분을 남기고 탑승.
오랜만에 뛰니 기침이 나고
옆 좌석 꼬맹이는 아는지 모르는지
손가락질을 한다.
코로나 환자라고 놀리는 듯.

급하게 사는 내가 세삼 놀랍다.
이러다 뛰다 죽겠다.

설악산의 큰 산

당신은 큰 산이십니다.
당신은 큰 복인이십니다.
당신은 큰 대인이셨습니다.

설악의 큰 산을 품으셔서 큰 산이셨고
세상을 다 가지셔서 큰 복이십니다.
세상 사람을 다 가지셔서 대인이셨습니다.

산천의 大樂을 휘둘러 걸림이 없으셨고
들판의 風漠을 휘저으셔서 자유로우셨습니다.
仁天의 大目을 安遷하셔서 평화로우셨습니다.

이제는 먼 극락에서 그 아름다운 자유의 詩를
노래하시면서 유유적적 하시니 얼마나 좋으십니까?
옆 자리 하나 있으시면 저도 있고 싶습니다.

*2566. 9. 19 무선선원 개원에 부쳐

지
우
스
님

현대불교문예 〈마하야나〉로 등단,
대한불교조계종 제16대, 17대 중앙종회의원,
대한불교조계종 교육원 교육부장

집부처

잘 모시야 한다
우짜든동 지극정성
우야다 눈 한번 치켜뜨면 핀할 날이 없능기라
집부처 잘 모셔야 집안이 핀하데이
안카믄 그 부처 삐지고 술 묵고 기가찬데이

아이고 무시라
빌나데이 무신 부처가 그런노

집부처는 무서버
합쳤으이 빼도 박도 못하는 기라

핑생을 그리해야 되능 기라예
그려
집부처 모시고 사능기 보통 일이 아이라

평생 소중한 수행 아이가
뭔 수행이 이런기 다 있나
우짜다가 이리 됐노

無智가 참 무섭데이

그라이 부처님한테 배워야 된다 안겠나
웃대 어른들도 지극정성 공들이가 우릴 키웠다 아이가

뭣도 모르고 막 해뿌시 난도 무지 빙신인기라
지겨버 죽것쓰예 운제 끝날란지
때리 치아뿌릴 수도 없고 어쩔 땐 미치고 환장하것쓰예
여기서 끝낼 수는 없어까예 야?

택도 없는 소리 마라 문디 가시나야
눈 깜아야 끝나능 기다
수행이다 생각하고 평생 잘 모시고 살아봐라
그 자리가 좋은 선방아이가
거그서 부처님 말씀 잘 배우고 닦아야 헌데이

젊을 때 절에 댕겼으면 이리 안살긴데
치녀 때는 외 그리 관심이 없었는지 모르것씨예

어이구 가시나야 그래 내가 뭐라캣노
처녀 때 빨빨거리고 댕길 때 절에 가자 안카드나
잘 받아들이고
한 생각 천 생각 잘 비추어 보레이

결혼은 독한 수행이데이
괴롭고 힘들 때도 많을 끼다
사람들이 아픈만큼 성숙해진다 안카드나

괴롭게만 살지 말고
신세 한탄만 하지 말그레이
부처님 말씀을 꼭꼭 씹어 삼켜봐라
거기에 살 길이 있다 아이가

다 지가 아는 만큼만 보이는 기다
알았제
진짜로 알겠나

神 만든 브라만, 神 위에 브라만

연민심이 이노라
밤이면 밤마다
갠지스 강가에 불을 돌리는 브라만들
수천 년을 저리하는구나
창조신 브라흐마신을 설정한 그들의 정신

고타마붓다는 역설함이니
윗대로 올라가며 누구에 의해서
신이 만들어졌는지 통찰하라고
전통이라 해서 무조건 믿지 말라고
브라만들이 말했다 해서
맹목적으로 믿지 말라고

배우지 못한 백성
당하는 백성은 불쌍토다
브리흐미신이 디 창조했데
시바신 머리서 갠지스강이 나왔대

그냥 믿고 살란다
난 그리 알고 그냥 갈 거야
복잡하게 생각하는 거 싫어

신 안 믿는 세상살이 불안해
어리석으니 그대로 빠진다

브라만 계급
먹고 누리기 위해
거짓임을 알아도 전한다네
천년만년 특별한 피
브라만 혈통의 직업

누군가는 믿으리
믿으면 존경 받는 브라만
브라만은 올라가고 우러러 받으니까

누군가 어느 시대 설정한 그물에
인도는 수천 년 수천 억 사람이 걸려들었다
물도 동물도 산천초목도 고생한다
모두다 고통이다

창조신 브라흐마
유지신 비슈누
파괴신 시바

누가 만들었을까
천년만년 인간 정신을 지배하라
사람보다 소를 어른 대접하는 종교

추앙받는 간디
카스트가 반드시 유지되어야 한다고 투쟁하며 유지시켰네

위대한 암베드카르
카스트 신분제 없애려 평생 몸 던져 헌신했노라
속박의 사슬 제거하려 현신한 菩薩인가
한번 설정된 無明 종교의 잔인함이여

붓다는 평생을 외쳤다
브라흐마 비슈누 시바 三神이 지배하는 세상인가
매 순간 성성하게 분명한 주의 기울임으로 통찰하라
無常 苦痛 無我의 뛰어난 지혜 얻으라
수준 높은 행복을 열어가라

브라만 계급들이 만든 神
神 위에 있는 브라만
계급들이 차고 앉아 수천 년 누려 왔노라

三神에 중독된 기막힌 삶이여

無智한 자
노력하지 않는 자
단단히 속박되어
살다죽어 간다

연민심이 이노라
오늘도 갠지스 강가에서 미혹에 속박된 無明人들
밤이면 밤마다 불을 돌리며 대대손손 상속시킨다
神 위에 있는 브라만 계급이여

우리는
후손에게 무엇을 전해주고 있는가

꿈과 독살 그리고

태국 땅에서 수 백 명 인도 사미승 키우던
Abhaya Putra 스님
꿈을 안고
인도 땅으로 가야했네

태국스님 보시로
땅도 장만 하였네

천막 법당 짓고 전법을 시작했네
인도 상가의 미래 행복을 위해

젊은 사미들 출가시키며 골목골목 탁발하니
인도 땅에서 석가세존의 삶을 배우는 남녀노소
하나 둘 셋 늘어나네

딕빌이 불교 진동임을 모르는
무지한 곳

정성 들이며 지도하던 젊은 스님
새로운 불자들 하루하루 늘어나며
활기를 찾아가던 Nagpur 시골 땅

어느 날 아침
공양 올린다고 몇 사람이 음식을 들고 왔네
스님, 맛있는 밥과 주스 가져 왔어요

밥은 이상한 냄새 나서
주스만 마셨다네

쭈욱 마신 쥬스
비구는 바로 쓰러졌고
시간이 흘러
일주일간 生인가 死인가

왜
그랬을까
누구를 위해 무엇을 위해

번뇌 毒에 먹힌 인간
無明이 하는 일들
무지막지하다

로바 도사 모하*는 두려움이 없다

194

뛰어난 교화력이 절실한 세상

* Lobha Dosa Moha는 탐욕, 화, 무명을 의미하는
  인도 고대 언어 팔리어 발음이다.

숲

숲
온 몸과 맘을 숨 쉬게 한다

도시 시멘트에 지친 몸
숲님은 살려준다

몸도
맘도 파랗게 물든다

파--란 몸
파--란 맘
닫힘 문 환하게 열어 준다

숲의 지혜
쭉 마시니
찌든 때 녹아 나간다

숲
覺의 大善知識이다

똥 님

어디서 왔는가
소리를 아는 귀는 어디서 왔는가
공기 정화의 코는 어디서 왔는가
몸 보호의 피부는 어디서 왔는가
맑은 눈빛 어디서 왔는가
소중한 이 어디서 왔는가
귀한 얼굴 어디서 왔는가
많은 일 하는 손 어디서 왔는가
걷기 보배 두 다리 어디서 왔는가
부드러운 배 누가 만들어 줬나
수많은 정신 활동 누가 만들어 주나
활동의 힘은 누가 만들어 주나

아, 똥님이시여
당신은 창조주
소중한 당신을 알아보지 못했습니다
이제사 인사드립니다
당신 덕분에 하루를 삽니다
당신 덕분에 숨을 쉽니다
당신 없으면 나도 없습니다

無智는 당신 얼굴에 침 뱉고 인상 찡그리네요
무시 받는 당신, 실은 나의 원천임을
당신 없이는 살 수 없어요
당신을 존중 안 할래야 안 할 수가 없어요

똥님!
우리는 당신을 좋아해야만 해요
당신이 잘 움직이게 해야 해요
일 마치면 잘 가시게 안내 할께요

먹을 땐 좋다고 쪽 빨아 먹고
왜 가는 당신을 보기 싫어할까요
왜 더럽다 피하기만 할까요

당신은 누구신가요
당신의 진정한 모습을 깨닫기 위해
당신을 매일 친견합니다

푸른 동백잎

선운사 뒷산 동백
눈이 시원하다

한겨울 하얗게 쌓인 눈을
푸른 잎은 그냥 받들고 있다

두툼한 동백잎
흰 눈 아래 푸르고 푸르르다

하얀 눈
받드는 손들 얼마나 차가울까

견디고 견디고
견디는 하루하루

그대로 받아들이며 사는
두툼한 녹색 잎

때 되니
붉은 꽃 고귀하게 얼굴 내미오

지
원
스
님

충남 보령 生
선암사 출가
부여 소소암주지
불자가수. 승무.

참 회

1
아버님 살아생전
불효로 남은 한마디
개죽을 만들어 드십니까!
발우공양과 다를 게 없는데

2
고요한 선암사 천년을 이어온
새벽 목탁소리 만물을 깨우는데
손 없는 베게 머리를 부여잡고
놓아주지 않는다

3
그리움
더위를 보내려는지 소낙비가 내린다
새벽에 범종소리에 그리운 마음 담아
장군봉 산자락에 걸린 구름 위에
그대를 살포시 올려놓았다

4
인생!
꿈이라 했던가
난 아직 잠자리에도 못 들었는데

5
꽃그늘에 누워있어도
꽃향기 배어들지 않기를
기도합니다

6
얄궂은 고집
아버지에게도 없었고
어머니에게도 없었으니
다리 밑에서 주워온 게 분명하다

진
관
스
님

문학박사, 철학박사
불교인권위원회 공동대표
승려시인회 회장
1976년 시문학
1982년 현대문학 시조
문학공간 시 추천위원
한국문인협회 회원
국제 팬클럽 한국본부 회원

시집
『어머니의 눈물』외 30여권

저서
『고구려 시대의 불교 수용사』외 20여권

서울 까마귀

언제부터인지는 모르지만, 까마귀들도 서울로 올라갔다.
시골에서도 까마귀는 살 곳이 못 된다는 것을 말해주고 있
는 시골 논배미마다 까치가 울고 있어
까치와 싸움을 해야 하기 때문이다.
까치는 까마귀에 대하여 부리로 마구 쪼아대고 있지만,
까마귀는 무리 지어 대치 아무것도 하지 못하고 있다.

어떤 때에는 배가 고파서 들판을 거닐어도
먹을 것이 없기에 날개를 펴고 날 수가 없다.
시골에는 생산되는 것들이 서울로 올라갔기에
시골에서는 먹을 그것이 없다.

시골에서는 까마귀도 거닐 수도 없다.
시골 들판에는 서성거리는 황소도 없다.
황소는 인간들에 의하여 죽임으로 갈 뿐
시골 어디에서도 황소들이 거닐어 행보하는
그러한 터가 없었었다는 사실이다.

까마귀가 떠나간 자리에는 까치가 차지해
전깃줄에 앉아서 노래를 부르고 있구나.
까마귀가 돌아오면 까치는 몰려가 몰아낸다.

까치의 세상이 되었다고 말하기에
까마귀는 서울로 올라가 버리고 말았다.

나에게도 날개가 있다면

나에게도 날개가 있다면
푸른 하늘 푸른 들을 날아가련만
날개가 없으니 날아갈 수 없구나!
아이 어이하여 이토록 애를 타우나
한 번이라도 한 번만이라도 날아
우리가 그리워하는 곳으로 가고 싶네

나에게도 그리움이 있다면
나의 고향 푸른 고향 꽃 피는 고향
아주 작은 집이라도 짓고 살자던
아이 그날에는 꿈이란 무엇이더냐
꿈이라고 하면 누구나 있는
날아갈 수 없는 장막이 가려져 있네!

눈을 감고 금남로에 앉아있으니
눈을 감고 무등산에 앉아있으니
하늘에서 별이 하나 반짝이네
이렇게 태평성대에 이룩한 세상을

나에게는 무엇을 원하는 것 있느냐
아 나에게 아무것도 원하는 것 없네

오로지 하나의 마음 등불을 켜는 일이네

붉은 장미

붉은 장미 피는 언덕 홀로 걷고 있으니
어디에선가에서 불어오는 바람은
내 속살 에워싸고서 허공으로 달려가네

하얀 장미 어루만져 향기를 머금었나!
애달픈 사연 하네 내 마음을 어루 만저
뜨겁게 타는 노을 속 그리움을 던지네!

금촌역에서

파주에 있는 금촌역에서 기다리는데
아무리 기다려도 오지 않는 님이어서
뜨겁게 내리는 태양만이 나를 울리네
아 언제 오려나 언제나 오려나
기다려도 오지 않고 나만 홀로 있네

비가 왔다가 멈추어버린 금촌역에
기다린 사람은 어이하여 오지 않느냐?
아무리 시들어 버린 꽃이 된다 해도
아이 그리움에 남아있는 노래는
아직도 남아있는 향기 꽃 같구나!

비둘기 사랑

비둘기 비둘기가 서로를 마주보며
평생 사랑을 언약하고 있는데
바람도 옷깃 여미고 날개를 부축이네

밤이 깊어 조용한 별들이 내려올 때
강물에 뛰어들던 물소리를 생각하고
세월이 긴긴 흐름을 돌 나무로 자란다.

돌가루 흩날리는 석실에 집을 마련
알을 낳고 새끼를 기르는 연습을 하고
구름에 실려 가는 듯하고 길을 재촉하네!

풀벌레 우는 산골

풀벌레 우는 산골 발걸음도 가벼운데
눈을 가린 황소 울음 조용한 거문고 소리
화려한 애정행각도 멈추는지 오래일세

어디에서 날아왔으나 갈 길을 헤매도
푸른 숲 우거진 숲 집이라도 지으려나
왜가리 허둥거리는 석양이 서럽구나

 그 옛날 화려하던 국토에 되었느냐
내 설움 던지려 하니 던질 곳이 없구나

해
성
스
님

대한불교 조계종 광림사 주지
사회복지법인 연화원 대표

출가본사 석남사
2017년 시와 수상문학 시 부문 신인상 수상
2022년 시와 수상문학 시 부문 문학상 수상
2022년 이진호박사 "좋아졌네" 문학상 수상

한국문인협회 회원
국립국어원 불교수화 편찬위원,
한국음악 저작권협회 작사회원,
한국음반 산업협회 회원,
한국음반 실연자협회 회원

저서: 시집 하얀고무신, 어머니의 풍경소리,
오늘 내마음이 듣고 싶은말, 행복의 나루터,
자비의 수화교실, 불교수화 용어집
소리의 향기 찬불가요 음반4집 간행
붓다의 향기 나무아미타불 관세음보살 등
정근송 4집 간행

지금 이 순간

뭉게구름 노니는
오대산 천 년 숲길

촉촉한 흙내음에
솔의 향기 솟아 난다

물소리 바람소리
가슴으로 알아차리니

걸음 걸음 맺히는 땀방울
무명번뇌 씻어 준다

지금 지금 이 순간에

님의 손길

사랑하는 당신의
그 목소리 듣고 싶어요

당신의 고운 미소 바라보면서
우리 둘이 손잡고
푸르른 저 언덕을 함께 걷고 싶어요

지난날의 아픈 기억은
바람에 날려 보내고
자비로운 마음의 꽃
아름답게 피우겠어요

아 님이시여
사랑하는 님이시여
언제 언제 까지라도
당신을 기다리겠어요

* 청각, 시각, 지체장애인들의 발원

한강의 추억

푸른 강물 위에
수놓은 찬란한 오색 빛
소망 싣고 떠다니는
유람선

저 멀리 남산 타워 손짓할 때
오랜 시절 잊히지 않는
너를 회상한다

나룻배 기다리다
물장구 치고
겨울이면 썰매 타며
즐기던 시절

세월의 물살에
잊고 달려온
우정의 그림자

강물에 내려앉은
별들의 속삭임에
그리움 담아 보낸다

마음의 그림자

내 마음의 그림자는
어떤 모습일까

삶의 길목
어두운 그림자에
힘이 들어도
인생의 실타래
끝없이 이어져도

기도와 수행으로
일어서는 모습
마음을 다스리며
나아가는 자신

내 마음의 그림자
뒤돌이보며
포근한 미소에
다정한 말을 건넨다

박꽃에 누워

어둠을 불태우며
너 하나로 가득한 마음
지울 수 없어

그리움 두 눈에 담고
피어나는 하얀 박꽃

고요히 스치는 바람에
아련한 기억 되새기며
너의 모습 잡으려
먼 산 위에 앉은 달빛에 손짓한다

고운 달
기다리는 님이 되어
수줍은 하얀 박꽃에 누워
두근거리는 마음 나누며
영혼을 적신다

해
인
스
님

대구출생
봉선사출가

2012년 시와 시학 신인상으로 등단
저서:『몽골의 페미니스트 왕비들』
『시님이 무슨 죄가 있겠노』
『비로소 별이 되는가』

시님도 마이 아프다

1
중 되는데 10년
중물 드는데 10년
중물 유지하는데 10년
중물 빼는데 10년
강산이 네 번 바뀌고 고생 끝에 병만 와

연락처엔 침 잘 놓는 한의원부터, 희망통증의학과,
속편한내과, 밝은세상안과, 굿모닝피부과, 사랑니치과까지
병원번호만 빼곡하다

2
"시님 돌아가실라 캄미까"
"살라 캄니더"
"시님이 드시는 밥, 빵, 떡, 마카 탄수화물뿐입니더
그라이 단백질을 드시야 됩니더"

3
조주, 그가 주는 차 한 잔 받아 마신 납자들처럼
허우적거리며 생선 한 마리 사 왔다.
한 토막에 만 원짜리 향 한 통이 연기로 사라지고,

사방 창문을 열고 환기시키느라 하루 종일 벌벌 떨었다

선 밖으로 칠해도 괜찮다고 아무도 가르쳐 주지 않았다.
인간답게 사는 것이 신통인 것을

시님도 마이 아프다

섬

팔만 사천 번뇌 떠내려간다
졸며 앓으며
좌복 위에서

평생 공부는
죽 떠먹은 자리
흔적 없지만

어떤 이는 죽 쑤어서 개 준다지만
그래도 죽 쑤어서 내가 먹는 일
무량한 기도 덕분인가

부처님 공덕 바다에
섬이 된 토굴 하나
노 저어 간다

입산전야

1
내 몫의 풍파를
함께 견디어 낸
이름 없는 풀꽃들이여
광목으로 지난 날의 나를 고이 싸서
밤기차를 탄다

2
갓바위
약사유리광여래불전에 돌부처 한 분 모셔 놓고
작별을 고한다

어머니 참회합니다
석가족이 되고 싶었어요
부디 용서하소서

3
대구는 비안개에 젖고
팔공산은 구름에 흐르고
나는, 기쁨의 눈물에 젖어 있었다

시 집

알뜰살뜰한 가격
커피 두 잔 값에 정신이 고귀해지다니

립스틱을 팔 듯 시집을 팔아서는 안 된다
후천적 귀족으로 진화하려는 꿈을 가진 이들에게
법공양을 올리듯이 바쳐야 한다

대학 도서관에서 시집을 버리다니
인간의 영혼이 이렇게 싸구려로 버려지다니
나라가 걱정이다

내가 원하는 나라
오직, 한없이 가지고 싶은 것은
시가 맹렬히 소비되는 나라다

홍련암

우-우-우-쏴-쏴-
바람소리, 내 속 썩는 소리

벼랑 가득 무성한 해당화가 피우는
금강의 불꽃

수정 염주 반짝이는 바닷가
천지를 뒤덮는 금빛 옷자락

그대가 보고 싶어 오늘도 나는 죽소

시간의 유적지

반월당 보현사
벽마다 기둥마다
온통 환하게 웃는
가족사진이 걸려 있다

할아버지, 할머니
아버지, 어머니
그리고 고모. 삼촌들

내 생의 알리바이가
새겨져 있는 곳
영혼의 본적지
봉합된 시간의 유적지

보현사에 오면 나는
이승의 진골(眞骨)이 된다

시 인

이미 지친 사랑이다

그저 참을 만한 3D 업종
임시정부의 후손처럼
가난하지만 힘껏 산다

시 귀신이 붙었다
제가 한 번 써 보겠습니다
그래도 죽기 살기를 자처한다

약령시

– 운지당 한의원 옛터에서

1
자신의 성질을 죽이고 살리면서
서로를 받들어 모셔
비로소 약으로 태어나는 곳

약이 되고 독이 된 사연들
칸칸마다 일목요연 정리되어 있는
저, 오동나무 약장들

2
약을 달이는 심정으로 키운 딸자식
양반집 자식이니
"조심해서 살거라"

허리 질근 동여맨
어머니, 목이 메인 어머니

책 읽는 여자는 위험한가? (3)

오탁악세와 경계선을 긋고 있는 곳, 서재
책 읽는 여자는 거룩한 일에 쓰이도록 선택받은 존재
총으로도 책을 덮을 수 없다

온 몸이 책의 향기에 쩔은
우주적 품위

수많은 관점이 될 때 드디어 원이 된다고
그래서 독자가 멸종된 작가는 없다

가난은 책의 가난이기도 하여
낡은 가방을 그냥 들고 새 책을 산다

그래도 한 권 더!

책 읽는 여자는 위험한가? (7)

못 박은 사람은 떠나고
혼자 남아서 박힌 못을 뽑는 밤

눈물을 닦고 슬픔까지 닦으며
그냥 책장을 넘긴다

20년 감옥 생활을 견디게 하는 것도 독서
누가 뭐라고 하든지 책을 읽는다

권투 선수는 맞을 때는 눈을 뜨고 있어야 산다
학자도 눈을 감으면 죽는다

음미되지 않는 삶은 싼 티가 난다
팔만 사천 가지 허물의 뿌리는 무지
하늘은 책 읽는 여자를 귀히 여긴다

나 홀로 공양 시간

적막강산에서
밥 한 숟가락 떠 넣는다

국민연금보험공단에서 지정한
나는 독거노인

배는 촐촐해도 등은 따습다고
애써 우기면서

고비사막도 아닌데 모래가 씹힌다
밥보다 더 많이 먹고 살아온 모래
이 풍진 세상에서

김밥 천국

절벽 위의 자투리땅 한 뼘
거기 빛나는 천국의 길이 있다

배곯아 본 사람은 안다
김밥 한 줄
그것이 천국의 길이 된다는 것을

열무를 다듬다가

몸짱인 열무 한 단
매운 비바람 속에서도
부시도록 닦은 몸매

몸짱인 열무들이
목숨의 빈틈을 메우고 있다
숨죽이고 뒷줄에 서성거리며

앞줄에 나서지 말고
그저, 세상의 틈새나 메우며 살기를 바라는

나, 그런 자식은 아니었을까
그런 제자는 또 아니었을까
속눈물 그렁그렁한 열무김치 한 사발

탐 심

오늘 내일 하는 할아버지
가늘게 담배 연기를 뿜어 올린다

언제쯤 탐심이 끊어지겠습니까?
담뱃재를 털면서

재가 될 때까지, 내가 재가 될 때까지

현
중
스
님

한국불교태고종 경기동부교구 종무원장
태고종7, 8대 전국비구니회장
중요무형문화재 제50호 영산재 범패 전수자
대한민국 시서문학시인
한국사진작가협회 정회원
불교환경연대 공동대표
한국불교신문 편집국장
대한민국미술대전 다수 특선 국전작가
저서: 『법화경 명구선집』 『한글법화경』

뿌리깊은 나무

부처 중생 본래자리
평등한 수평
나와 한몸으로 살아가니 일심동체
나 자신이니
대비심 동체일뿐.

실상 불성자리
윤회의 무수한 시간
거듭되는
보(報)와 과(果)는
자신의 몫

마음 밖에는
진리가 없다했지
자비의 마음 뿌리에
흔들림 없는
운명적 여건이 주어진다.

해가 솟는길

태고의 적막을 거두며
본래 빛나던 해가
길을 밝힌다.
삼계의 어둠도 한순간에 벗게하니
묵은 업도 녹여간다.
암담한 운명의 굴레
스스로를 묶어두니
스스로 풀어야 할
용기와 원력이
풀어나간 업을 바라본다.

한해살이 설계에
돋는 해 우러러
성취의 힘을 실어본다

하나로 이어진 길

세상에
내가 가지고
온것이 있던가.
나와 남이 둘이 아니고
물질과 정신이 둘이 아니라
지고(至高)의 가르침은
부조리성을
꿰뚫어 밝히셨으나
아집과 편집의
잣대로 길을 걸으며
시기와 헐뜯음의
착취에 있다.

정신적 기아에서
방황하는 중생 계도가
이어가야할 진정한 의미요

마르지 않을
애민심이
모두를 하나로 잇는
대행자의 도리 였으리.

자연으로 가는 길

별하나 나 하나
별둘 나 둘
밤하늘의 수많은 별들을
대청마루에 누워서
세어보던 시절
하늘은 푸르고
밤하늘은 빼곡히
별들로 수놓았었다.

손에는 핸드폰 속에 정보로
마음에는 야수적인 욕망이
기계적 유기물로 변해간다.

우주의 개체적 생명체로서 나
때묻지 않은 신비를
간직히며
찰나 찰나에도
참다운 상대적 관계로
자연과 인간이 맞닿는 거기에
진리 득도의 경지에 머무르리

바람이 다가 가는 길

동틀녘 기침종소리
산 넘고 또 너머까지 울리더니

고통받는 지옥중생
제도하기 위해
바람을 따르며 가네

촌각의 순간
여래의 가르침을
까마득히
잊고 있음에
불어오는 길섶에 들리는
꾸짖는 소리

쉬지 않고 내게와
불신의 본원이 되어
곁에 살포시
다가와 안긴다.

기적이 보이는 길

들숨과 날숨을 느끼며
몸과 마음이 하나임을 안다.

바쁘게 움직이던
호흡을 내려놓으며
밀려오는 긴장도 맡겨버린다.

앞만 보고 뛰었구나
돌맹이를 보았어야지
행업만 지어가니 가여워
가뿐숨 쉬어내며 위로를 한다.

텅비워버린 마음으로
분투도 내려놓고
나에게 안겨
니를 본다.

캄캄한 어둠속에
밝은 빛을 만난 듯
빗장을 풀어
세상을 품는다.

나에게도 날개가 있다면

오현, 소현, 경암, 명안, 수안, 혜륜, 법산
도명, 도해, 로담, 묘광, 범상, 선묘, 수완
오심, 지우, 지원, 진관, 해성, 해인, 현중

1판 1쇄 발행 │ 2023년 4월 19일

펴낸이 │ 고봉석
편집자 │ 윤희경
디자인 │ 이진이
펴낸곳 │ 이서원(利書園)

주소 │ 경기도 성남시 분당구 중앙공원로17. 311-705
전화 │ 02-3444-9522
팩스 │ 02-6499-1025
전자우편 │ books2030@navercom
출판등록 │ 2006년 6월 2일 제22-2935호

ISBN │ 979-11-89174-38-5